Learn French with Modern Fairy Tales

French A1 Reader

Brian Smith

Le Miroir Enchanté et le Cœur de Courage

La Découverte

Lisa déménage dans une vieille maison charmante héritée de sa grand-mère. La première nuit, elle remarque le miroir ancien et orné dans la salle de bain. Elle décide de le nettoyer.

En nettoyant, Lisa touche accidentellement un bouton caché sur le cadre. Le miroir commence à briller doucement, surprenant Lisa. "Qu'est-ce que c'est ?" murmure-t-elle. Les reflets dans le miroir commencent à bouger de manière indépendante, montrant une forêt verdoyante et luxuriante. Curieuse, Lisa tend la main, et sa main passe à travers la surface du miroir.

"Bonjour !" dit une voix venant du miroir. "Je m'appelle Mirra, le gardien de ce portail." Lisa recule, surprise. "Un portail ? Vers où ?" Mirra répond, "C'est un passage vers un autre monde. Seul un descendant direct du propriétaire original peut activer le miroir."

Lisa est hésitante mais intriguée par cette découverte magique. "Vraiment ? Mais comment est-ce possible ?" Le miroir lui montre des visions de créatures fantastiques et de paysages au-delà. Le reflet de Lisa lui parle, offrant des conseils et de la sagesse.

"Tu es prête pour une aventure ?" demande le reflet de Lisa avec un sourire. Après un moment de réflexion, Lisa décide de franchir le miroir. "D'accord, je vais le faire." En traversant, elle ressent une vague d'énergie et ses alentours changent dramatiquement. Elle se retrouve au milieu de la forêt vue dans le miroir, et l'aventure commence.

"Wow, c'est incroyable !" s'exclame Lisa, regardant autour d'elle avec émerveillement. Ainsi commence le voyage de Lisa dans un monde plein de magie, guidée par Mirra et son propre courage.

1. ancien, ancienne - ancient
2. cadre - frame
3. charmant, charmante - charming
4. curieux, curieuse - curious
5. découverte - discovery

6. descendant, descendante - descendant
7. émerveillement - wonderment
8. hériter - inherit
9. luxuriant, luxuriante - lush
10. magique - magical
11. miroir - mirror
12. nettoyer - clean
13. passage - passage
14. propriétaire - owner
15. reflet - reflection

L'Autre Côté

Lisa explore la forêt enchantée, émerveillée par sa beauté et sa magie. Partout, des couleurs vives et des sons mélodieux remplissent l'air. Soudain, elle rencontre des animaux qui parlent et qui l'accueillent dans leur monde.

"Bonjour, humaine !" dit un petit oiseau. "Bienvenue dans notre forêt magique."

Lisa sourit. "Bonjour ! Je m'appelle Lisa. C'est très beau ici."

Un renard amical se présente à elle. "Je m'appelle Flix. Je serai ton guide."

Flix l'avertit des dangers qui se cachent dans la forêt et de la magie noire de la sorcière, Elvira. "Il faut faire attention, Lisa. Elvira est très puissante."

Lisa découvre qu'elle peut communiquer avec les plantes et les animaux. "C'est incroyable !" s'exclame-t-elle en parlant avec une fleur.

En se promenant, elle trouve un lac cristallin qui montre des visions de l'avenir. "Regarde dans l'eau, Lisa," dit Flix. "Tu pourrais voir quelque chose d'intéressant."

Lisa apprend ainsi le passé de sa grand-mère et sa connexion avec ce monde. "Ma grand-mère était d'ici ?" demande-t-elle, surprise.

Un groupe d'elfes cherche l'aide de Lisa pour vaincre Elvira et restaurer l'équilibre. "Nous avons besoin de toi, Lisa," dit l'un d'eux. "Tu as un pouvoir spécial."

Lisa s'entraîne avec les elfes pour maîtriser ses nouveaux pouvoirs magiques. Jour après jour, elle devient plus forte et plus confiante.

Elle découvre un village caché de créatures vivant en harmonie. "Bienvenue, Lisa !" disent-ils. "Nous sommes heureux de te rencontrer."

Une célébration est organisée en son honneur, où elle en apprend davantage sur l'héritage de sa famille. "Ta grand-mère était une grande protectrice de notre monde," lui raconte un ancien.

Lisa reçoit un amulette magique qui amplifie ses pouvoirs. "Avec cela, tu seras encore plus forte," lui explique Flix.

Elle promet de protéger le monde enchanté contre tout mal. "Je ferai tout pour vous aider," dit-elle avec détermination.

Lisa et ses alliés planifient leur stratégie pour affronter Elvira. "Nous sommes avec toi, Lisa," disent les elfes et Flix.

À la fin du chapitre, Lisa ressent une profonde connexion avec le monde magique et son destin à l'intérieur. "Je suis prête à faire ce qu'il faut," pense-t-elle, regardant les étoiles scintillantes dans le ciel nocturne de la forêt enchantée.

Son aventure vient juste de commencer, mais Lisa sait qu'elle n'est pas seule. Avec ses nouveaux amis et ses pouvoirs magiques, elle est prête à affronter les défis à venir.

1. amulette - amulet
2. animaux - animals
3. célébration - celebration
4. connexion - connection
5. créatures - creatures
6. émerveillée - amazed
7. elfes - elves

8.   enchantée - enchanted
9.   forêt - forest
10. guide - guide
11. magie - magic
12. pouvoirs - powers
13. promet - promises
14. sorcière - witch
15. stratégie - strategy

La Quête du Cœur de Cristal

La quête de Lisa pour trouver le Cœur de Cristal, le seul artefact capable de vaincre Elvira, commence. Elle apprend que le Cœur de Cristal a été brisé en trois morceaux et dispersé à travers le pays.

"Pour vaincre Elvira, nous devons trouver les trois morceaux du Cœur de Cristal," explique Flix.

Leur première destination est les Grottes Murmurantes, gardées par l'ancien dragon, Sylenth. Lisa et Flix naviguent à travers des paysages périlleux, faisant face à de nombreux défis.

En chemin, ils rencontrent une tribu de peuple de la mer qui leur donne un indice sur l'emplacement du premier éclat. "Le premier morceau est gardé par Sylenth," dit une des sirènes.

Avec l'aide des sirènes, Lisa maîtrise l'art de la magie de l'eau. "C'est magnifique !" s'exclame Lisa en apprenant à contrôler l'eau.

Le duo fait face à Sylenth, gagnant le respect du dragon et le premier éclat du Cœur de Cristal. "Vous avez montré du courage," rugit Sylenth en leur remettant l'éclat.

Leur prochain voyage les emmène aux Montagnes du Ciel, la maison des esprits du vent. Lisa apprend à contrôler le vent pour atteindre le deuxième éclat. "Je sens l'air m'obéir," dit-elle avec émerveillement.

Elle se lie d'amitié avec un Pégase, qui l'aide à naviguer dans les cieux périlleux. Le deuxième éclat est trouvé dans un nid de griffons, protégé par une énigme.

"Seul le cœur pur peut atteindre le deuxième éclat," récite l'énigme. Lisa, avec son esprit vif, résout l'énigme et obtient l'éclat.

La dernière pièce se trouve au cœur de la Forêt Interdite, un lieu de magie noire. Lisa et ses amis affrontent leurs peurs et surmontent les illusions créées par la forêt.

Ils récupèrent le dernier éclat dans un bosquet enchanté, gardé par des licornes. "Merci, braves voyageurs," dit la licorne en leur donnant l'éclat.

Avec les trois éclats en main, Lisa forge le Cœur de Cristal, prête à affronter Elvira. "Nous sommes prêts maintenant," dit-elle en tenant le Cœur de Cristal brillant.

"Lisa, tu as montré une grande bravoure," dit Flix, impressionné par le courage et la détermination de Lisa.

"Nous avons tous travaillé ensemble," répond Lisa, regardant ses amis avec gratitude. "Maintenant, allons sauver notre monde."

Alors que le chapitre se termine, Lisa et ses alliés se préparent pour le combat final contre Elvira, armés de courage, d'amitié et du Cœur de Cristal restauré. Leur aventure épique continue, pleine d'espoir et de magie, prête à affronter les ténèbres pour ramener la lumière dans leur monde enchanté.

1. artefact - artifact
2. bravoure - bravery
3. combat - combat
4. courage - courage
5. dragon - dragon
6. éclat - shard
7. enchanté - enchanted
8. esprits - spirits
9. forêt - forest
10. griffons - griffins
11. licornes - unicorns
12. magie - magic
13. morceaux - pieces

14. quête - quest
15. sirènes - mermaids

Le Combat Contre les Ténèbres

Lisa apprend le passé d'Elvira et sa chute dans les ténèbres. "Elvira n'était pas toujours mauvaise," lui explique Flix. "Elle a été blessée et est tombée dans la noirceur."

Elle rassemble ses alliés pour la bataille imminente. "Nous devons être unis pour vaincre Elvira," dit Lisa à ses amis. Les créatures magiques de la forêt prêtent leurs pouvoirs pour protéger l'armée.

Lisa et son armée marchent vers le château d'Elvira, caché dans un vortex orageux. "Nous sommes prêts," crie Lisa, menant la marche.

Lisa utilise le Cœur de Cristal pour dissiper la tempête sombre entourant le château. "Regardez !" s'exclame un elfe. "La tempête disparaît !"

Elvira confronte Lisa, libérant ses minions obscurs. "Tu ne peux pas me vaincre, Lisa !" hurle Elvira.

Une bataille épique s'ensuit entre les forces de la lumière et des ténèbres. Les alliés de Lisa combattent vaillamment.

La compassion de Lisa et sa compréhension de la douleur d'Elvira commencent à affaiblir la résolution de la sorcière. "Elvira, je sais que tu souffres," dit Lisa, le cœur lourd.

Le pouvoir du Cœur de Cristal purifie les minions d'Elvira, les ramenant à leurs véritables formes. "Qu'est-ce qui m'arrive ?" demande l'un d'eux, confus mais libéré de l'emprise des ténèbres.

Lisa affronte Elvira dans un duel final, utilisant le cœur pour refléter les sorts d'Elvira. "C'est fini, Elvira," dit-elle avec détermination.

Le Cœur de Cristal révèle le véritable moi d'Elvira, une femme perdue et effrayée. "Je... Je suis désolée," murmure Elvira, les larmes aux yeux.

Lisa offre à Elvira la rédemption, la guérissant avec le pouvoir du cœur. "Il y a toujours de l'espoir pour changer," dit Lisa, tendant la main à Elvira.

Les ténèbres se lèvent et la terre est restaurée à sa beauté naturelle. Les fleurs s'épanouissent et les animaux sortent de leur cachette, célébrant la fin de l'ombre.

Elvira et Lisa se réconcilient, et Elvira jure de protéger le monde aux côtés de Lisa. "Je t'aiderai à garder notre monde sûr," promet Elvira.

La victoire est célébrée, et Lisa est acclamée comme une héroïne. "Merci, Lisa, pour tout ce que tu as fait," dit Flix avec un sourire.

"Nous avons tous gagné cette bataille ensemble," répond Lisa, entourée par ses amis et les habitants du royaume magique. "C'est le début d'une nouvelle ère de paix et d'harmonie."

Ainsi se termine le récit de Lisa, une jeune fille ordinaire devenue une héroïne extraordinaire. Avec courage, compassion et l'aide de ses fidèles amis, elle a surmonté les ténèbres pour apporter la lumière et l'espoir dans un monde enchanté.

1. acclamée - acclaimed
2. alliés - allies
3. bataille - battle
4. château - castle
5. chute - fall
6. compassion - compassion
7. duel - duel
8. guérissant - healing
9. héroïne - heroine
10. minions - minions
11. noirceur - darkness
12. rédemption - redemption
13. réconcilient - reconcile
14. ténèbres - darkness
15. vortex - vortex

Retour et Héritage

Avec le monde enchanté en sécurité, Lisa se prépare à retourner chez elle. Elle dit des adieux sincères à ses amis, promettant de revenir. "Je ne vous oublierai jamais," leur assure-t-elle les larmes aux yeux.

Flix donne à Lisa un jeton magique pour invoquer le portail de retour au monde enchanté. "Utilise ceci si tu as besoin de nous," dit-il en lui donnant un petit objet brillant.

Lisa franchit le miroir, retournant à sa salle de bain. L'aventure semble être un rêve. Elle regarde le miroir, qui ne reflète plus le monde enchanté mais retient sa magie.

"Tu es toujours là," murmure-t-elle en touchant le verre.

Lisa utilise le miroir pour surveiller le monde enchanté et aider quand c'est nécessaire. Sa vie est à jamais changée, équilibrant ses responsabilités dans les deux mondes.

Elle écrit un journal sur ses aventures, préservant l'histoire pour les générations futures. "Un jour, d'autres liront ceci et sauront que la magie existe," écrit-elle avec espoir.

Lisa découvre qu'elle peut partager la magie avec d'autres de sa lignée. "La magie est dans notre famille," se dit-elle, décidée à partager ses découvertes.

Elle devient une gardienne du monde magique, maintenant l'équilibre entre les deux royaumes. "Je protégerai ces mondes," promet-elle avec détermination.

Lisa commence une fondation pour protéger les créatures magiques dans son monde. "Ils ont besoin de nous," explique-t-elle à ses amis qui l'aident à mettre en place la fondation.

Le monde enchanté prospère, et de nouveaux portails commencent à apparaître autour du monde. "La magie se répand," observe Lisa, émerveillée par ces changements.

Elle guide d'autres personnes qui trouvent leur chemin vers le monde magique. "Bienvenue," dit-elle aux nouveaux venus, "je suis là pour vous aider."

L'héritage de sa grand-mère et du miroir magique est maintenu en vie. Lisa s'assure que l'histoire de sa grand-mère continue d'inspirer.

L'histoire de Lisa inspire d'autres personnes à croire en la magie et le pouvoir de la gentillesse et du courage. "Tout est possible avec un peu de magie et beaucoup de cœur," dit-elle à un groupe d'enfants écoutant son histoire.

Ainsi, l'histoire de Lisa se termine, mais son héritage continue. De gardienne de son propre monde à protectrice d'un royaume enchanté, sa vie est un pont entre deux mondes, témoignant de l'immense pouvoir de l'amour, de l'amitié, et surtout, de la magie qui réside en chacun de nous.

1. adieux - farewells
2. aventure - adventure
3. équilibrant - balancing
4. fondation - foundation
5. gardienne - guardian
6. héritage - legacy
7. invoquer - to invoke
8. jeton - token
9. ligneé - lineage
10. magique - magical
11. miroir - mirror
12. portail - portal
13. prospère - thrives
14. répand - spreads
15. retourner - to return

Gardiens de la Magie

La Découverte de George

George, un garçon jeune et curieux, déménage dans une petite ville avec sa famille. Il explore les bois à proximité et découvre par hasard une ancienne grotte cachée. À l'intérieur de la grotte, il trouve de vieux dessins sur les murs qui dépeignent un dragon et des chevaliers. George ressent une forte connexion avec les dessins, surtout avec le dragon.

Il trouve une clé particulière et ornée par terre, qui brille légèrement. "Qu'est-ce que c'est ?" se demande George en ramassant la clé. En rentrant chez lui, il fait des recherches sur les légendes locales et apprend qu'un dragon vivait autrefois dans la région. "Un vrai dragon ici ?" pense George, émerveillé.

Le lendemain, George retourne à la grotte, clé en main, et découvre une porte cachée. La clé ouvre la porte, révélant un passage qui mène profondément dans la montagne. George suit le passage et se retrouve dans une vaste chambre souterraine. Au centre de la chambre repose un dragon géant, endormi et couvert de poussière.

George s'approche du dragon, et celui-ci se réveille, ses yeux brillant d'une lumière douce. "Ne crains rien," entend George dans sa tête. Le dragon, qui se présente comme Eldrin, parle à George par télépathie. Eldrin lui dit qu'il attendait quelqu'un de pur de cœur pour le réveiller.

George apprend que le dragon a gardé un cristal puissant qui maintient l'équilibre dans le monde. "C'est incroyable," murmure George. Le dragon et George forment un lien, Eldrin proposant d'enseigner à George ses pouvoirs et l'histoire de leur terre. "Je te montrerai des secrets anciens," dit Eldrin avec sagesse.

"Je suis prêt à apprendre," répond George, les yeux pleins d'étoiles, prêt à débuter son aventure aux côtés d'Eldrin. Ainsi commence l'extraordinaire voyage de George, un garçon ordinaire destiné à découvrir le monde magique et ancien qui l'entoure, guidé par son nouvel ami, le dragon Eldrin.

1. ancien, ancienne - ancient
2. aventure - adventure
3. chambre - chamber
4. chevaliers - knights
5. clé - key
6. connexion - connection
7. cristal - crystal
8. découvrir - to discover
9. dragon - dragon
10. équilibre - balance
11. grotte - cave
12. légendes - legends
13. passage - passage
14. poussière - dust
15. télépathie - telepathy

L'Éveil

Eldrin enseigne à George la magie et l'importance de l'équilibre entre la nature et l'humanité. "La magie est partout, dans chaque pierre et chaque brise," dit Eldrin. "Mais elle doit rester en équilibre."

George apprend que le pouvoir du cristal s'affaiblit, menaçant l'équilibre du monde. "Sans le cristal, le monde tombera dans le chaos," explique Eldrin.

Une ombre mystérieuse commence à se répandre sur la terre, corrompant la faune et la flore. "Nous devons trouver la source de cette ombre," décide George.

George et Eldrin sortent de la grotte la nuit pour enquêter sur la source de l'ombre. Ils rencontrent des créatures corrompues, et George découvre qu'il a la capacité de les guérir. "Comment ai-je fait ça ?" s'étonne George.

Eldrin explique que l'ombre est le résultat d'un sceau brisé qui contenait autrefois la magie noire. "Le sceau doit être réparé," dit Eldrin avec gravité.

Ils rencontrent un hibou sage qui leur parle d'une ancienne prophétie impliquant un garçon et un dragon restaurant l'équilibre. "Vous êtes ceux de la prophétie," hulule le hibou.

George et Eldrin réalisent qu'ils doivent réparer le sceau pour arrêter la propagation de l'ombre. "Nous devons agir," affirme George avec détermination.

Pour réparer le sceau, ils doivent trouver trois artefacts magiques éparpillés à travers le pays. "Notre première destination est la Forêt des Chuchotements," annonce Eldrin.

En chemin, ils sauvent un village de la corruption de l'ombre, gagnant la gratitude et le soutien des villageois. "Merci, vous avez sauvé notre village," disent les villageois reconnaissants.

Dans la Forêt des Chuchotements, ils résolvent des énigmes anciennes et font face à des épreuves de courage et de sagesse. "Nous devons être courageux," encourage George.

Ils retrouvent le Pendentif de Lumière, qui brille vivement en présence de George. "C'est un signe," murmure Eldrin, impressionné.

De retour dans la grotte d'Eldrin, ils placent le pendentif près du cristal, renforçant légèrement son pouvoir. "C'est un bon début," dit Eldrin avec espoir.

George et Eldrin se préparent pour leur prochain voyage pour trouver le deuxième artefact, conscients que les défis à venir seront plus grands. "Nous sommes prêts," dit George, le cœur plein d'espoir et de courage.

Ainsi, George et Eldrin poursuivent leur quête pour sauver le monde, armés de magie, de courage, et d'une amitié indéfectible. Leur voyage les mènera à travers des dangers inconnus, mais ensemble, ils sont déterminés à restaurer l'équilibre et à combattre l'ombre qui menace leur monde.

1. artefacts - artifacts
2. brise - breeze

3. courage - courage
4. cristal - crystal
5. énigmes - riddles
6. équilibre - balance
7. faune - wildlife
8. flore - flora
9. grotte - cave
10. magie - magic
11. ombre - shadow
12. prophétie - prophecy
13. pendentif - pendant
14. quête - quest
15. sceau - seal

La Quête des Artefacts

George et Eldrin partent à la recherche du deuxième artefact, le Bâton de l'Harmonie, situé dans le Désert des Échos. Sur leur chemin, ils rencontrent une tribu nomade qui partage des légendes sur le bâton et son dernier emplacement connu. "Le Bâton de l'Harmonie a été vu pour la dernière fois dans un temple ancien," raconte un ancien de la tribu.

Le désert les met au défi avec des mirages et des tempêtes de sable, testant leur résilience et leur lien. "Nous devons rester forts," dit George, soutenant Eldrin à travers les épreuves. Ils découvrent un temple ancien enterré sous les sables, gardé par un sphinx qui les défie avec des énigmes. "Qui peut voyager autour du monde tout en restant dans un coin ?" demande le sphinx.

Après avoir résolu les énigmes, "Un timbre-poste !" répond George, ils récupèrent le Bâton de l'Harmonie au cœur du temple. Le pouvoir du bâton aide à calmer les tempêtes dans le désert, restaurant la paix sur la terre. La nouvelle de leurs actes se répand, et George et Eldrin deviennent des symboles d'espoir. "Vous avez apporté la paix dans le désert," leur dit la tribu avec gratitude.

Leur prochaine destination est la Montagne de la Solitude, où le dernier artefact, la Couronne de l'Unité, est censé résider. Le voyage est périlleux, avec des falaises escarpées et des vents glaciaux, mais ils avancent, déterminés. Ils sont testés par le gardien de la montagne, un griffon, qui les met au défi dans un combat d'esprit et de bravoure. "Montrez-moi votre valeur," rugit le griffon.

Après avoir prouvé leur valeur, ils obtiennent l'accès à la couronne, protégée par une magie ancienne. "Vous êtes dignes," déclare le griffon, impressionné par leur courage. La Couronne de l'Unité amplifie les pouvoirs de guérison de George et la force d'Eldrin. "Je me sens plus fort," dit George, touchant la couronne avec émerveillement.

Avec les trois artefacts, ils retournent à la grotte, où l'influence de l'ombre a grandi plus forte. "Nous sommes prêts à réparer le sceau," dit Eldrin, regardant la noirceur qui se propage. Ils commencent le rituel pour réparer le sceau, utilisant les artefacts pour canaliser leurs pouvoirs. La lumière des artefacts brille intensément, combattant les ténèbres.

Le rituel est réussi, mais ils réalisent que la source de l'ombre, un sorcier obscur, est toujours une menace. "Nous devons le trouver," dit George, déterminé à mettre fin à la menace une bonne fois pour toutes. Ainsi, George et Eldrin se préparent pour la dernière étape de leur voyage, armés des artefacts et d'une volonté inébranlable. Ensemble, ils sont prêts à affronter le sorcier obscur et à restaurer définitivement l'équilibre dans leur monde.

1. ancien - ancient
2. artefacts - artifacts
3. combat - combat
4. couronne - crown
5. désert - desert
6. énigmes - riddles
7. griffon - griffin
8. magie - magic
9. mirages - mirages
10. montagne - mountain
11. nomade - nomadic
12. résilience - resilience

13. rituel - ritual
14. sorcier - sorcerer
15. tempête - storm

La Bataille Finale

George et Eldrin apprennent que le sorcier obscur prévoit de détruire le cristal et de déchaîner le chaos. "Nous devons l'arrêter," dit George, déterminé. Ils rassemblent des alliés des terres qu'ils ont sauvées, formant une armée pour affronter le sorcier. "Ensemble, nous sommes forts," proclame Eldrin, regardant les visages déterminés de leurs amis.

Eldrin enseigne à George la magie avancée, le préparant pour la confrontation. "Tu es prêt," dit Eldrin, impressionné par les progrès de George. Le sorcier attaque la ville près de la grotte, forçant George et Eldrin à précipiter leurs plans. "Il est temps," dit George, serrant son bâton magique.

Une bataille épique s'ensuit, avec George et Eldrin menant leurs alliés contre les forces du sorcier. "Pour notre terre !" crie George, chargeant en avant. George utilise les artefacts pour protéger ses amis et contrer la magie noire du sorcier. "Vous ne passerez pas !" déclare George, un bouclier de lumière entourant ses alliés.

Eldrin combat avec férocité, son feu de dragon purifiant la terre corrompue. "Brûle, ténèbres !" rugit Eldrin, un feu purificateur jaillissant de sa gueule. La bataille atteint son apogée lorsque George affronte le sorcier, artefacts en main. "C'est fini pour toi !" crie George, brandissant le Bâton de l'Harmonie.

Utilisant le pouvoir des artefacts et son lien avec Eldrin, George brise le sortilège du sorcier. La lumière éclatante des artefacts enveloppe le sorcier, brisant sa magie. Le sorcier est vaincu, et sa magie noire se dissipe, libérant la terre de la corruption. "Nous avons gagné," souffle George, épuisé mais soulagé.

Le pouvoir du cristal est entièrement restauré, assurant que l'équilibre du monde est maintenu. "Le monde est sauvé," dit Eldrin, un sourire fier illuminant son visage. La terre guérit, et les créatures et les plantes autrefois corrompues prospèrent de nouveau. "Regardez ! Tout renaît," s'exclame un des alliés, admirant la renaissance de la nature.

George est acclamé comme un héros, avec Eldrin à ses côtés, alors que la paix revient sur la terre. "Merci, George et Eldrin !" chantent les gens, leur gratitude remplissant l'air. Dans les suites, George décide de rester avec Eldrin, apprenant davantage sur la magie et son rôle de gardien. "Il y a encore tant à découvrir," dit George, regardant l'horizon avec espoir.

L'histoire de George et du dragon devient une légende, inspirant espoir et courage pour les générations. "Votre courage restera dans les mémoires," dit un ancien, les yeux brillants de larmes de joie. Ainsi se termine l'épopée de George et Eldrin, un récit de bravoure, d'amitié et de magie qui a uni un monde autrefois au bord du chaos. Leur légende vivra éternellement, rappelant à tous la puissance de l'unité et du courage face à l'obscurité.

1. alliés - allies
2. artefacts - artifacts
3. bataille - battle
4. bravoure - bravery
5. chaos - chaos
6. cristal - crystal
7. épopée - epic
8. férocité - ferocity
9. grotte - cave
10. magie - magic
11. obscurité - darkness
12. pouvoir - power
13. résilience - resilience
14. sorcier - sorcerer
15. unité - unity

Héritage et Nouveaux Départs

George devient un maître de la magie sous la guidance d'Eldrin, protégeant la terre. "Tu as beaucoup appris," dit Eldrin avec fierté.

Ensemble, ils établissent une école de magie pour d'autres qui montrent un potentiel. "Cet endroit sera un sanctuaire de savoir," annonce George.

L'école devient un sanctuaire pour l'apprentissage et l'harmonie entre les humains et les créatures magiques. "Nous pouvons tous apprendre les uns des autres," dit George aux nouveaux élèves. La famille de George est fière de ses réalisations, et la ville devient une communauté prospère. "Nous sommes tellement fiers de toi," dit sa mère, les larmes aux yeux.

Eldrin et George continuent d'explorer le monde, cherchant à comprendre ses mystères. "Il y a tant à découvrir," dit George, regardant le ciel. Ils découvrent d'autres êtres magiques et forment des alliances, renforçant les défenses de la terre. "Ensemble, nous sommes plus forts," affirme Eldrin.

George écrit un livre sur ses aventures, partageant sa connaissance de la magie et l'importance de l'équilibre. "J'espère inspirer d'autres," dit George en écrivant. Le pouvoir du cristal crée une barrière qui protège la terre de menaces extérieures. "Notre terre est en sécurité," observe Eldrin, scrutant la barrière lumineuse.

Eldrin raconte à George d'autres mondes et dimensions, laissant entendre de futures aventures. "Il y a des mondes au-delà du nôtre," dit Eldrin, les yeux pétillants d'excitation. George guide les jeunes magiciens, leur enseignant les valeurs du courage, de la compassion et de la sagesse. "Soyez toujours justes," conseille George à ses élèves.

Un festival annuel est établi pour célébrer la victoire sur le sorcier et l'unité de la terre. "C'est un jour de joie," chante la foule, se réunissant pour le festival. George et Eldrin découvrent une carte menant à des royaumes cachés, préparant le terrain pour de nouvelles aventures. "Un autre voyage nous attend," dit George, dépliant la carte.

Ils s'assurent que les artefacts sont gardés en sécurité, prêts à défendre le monde si nécessaire. "Ces artefacts sont notre dernier recours," dit Eldrin, les plaçant dans un lieu sûr. L'héritage de

George comme héros et protecteur devient ancré dans la culture de la terre. "Tu es un vrai héros," dit un villageois à George, admiration dans la voix.

Le conte de George et du dragon inspire d'autres à chercher leurs propres aventures, croyant en la magie en eux et le pouvoir de l'amitié et du courage. "Votre histoire nous donne espoir," dit un jeune apprenti à George. Ainsi se termine l'histoire de George et Eldrin, non pas comme une fin, mais comme le début de nombreux nouveaux chapitres. Leur héritage vit à travers l'école, les aventures futures, et dans le cœur de ceux qui croient en la magie et la puissance de l'amitié et du courage.

1. alliances - alliances
2. apprentissage - learning
3. artefacts - artifacts
4. barrière - barrier
5. courage - courage
6. créatures - creatures
7. école - school
8. festival - festival
9. héritage - legacy
10. magie - magic
11. mystères - mysteries
12. potentiel - potential
13. protection - protection
14. sanctuaire - sanctuary
15. savoir - knowledge

Les Ombres du Village Oublié

L'Arrivée

Alice, une jeune journaliste, voyage vers un village reculé dans la campagne française pour enquêter sur des rumeurs de rituels anciens. Elle arrive pendant l'équinoxe d'automne, remarquant un calme étrange qui plane sur le village. Les locaux sont peu accueillants et secrets, évitant ses questions sur leurs traditions. Alice entend des chuchotements sur un "Sabbat des sorcières" prévu la nuit de la pleine lune.

Elle loue une chambre dans une vieille auberge, où l'aubergiste la met en garde de rester à l'intérieur après la tombée de la nuit. "C'est pour votre propre sécurité," dit l'aubergiste avec un regard sérieux. Cette nuit-là, Alice entend une musique étrange et voit des lumières vacillantes dans la forêt. Défiant l'avertissement de l'aubergiste, elle suit les lumières, attirée par un mélange de peur et de curiosité.

Elle trouve un chemin caché menant plus profondément dans les bois, marqué par des symboles qu'elle ne comprend pas. "Qu'est-ce que c'est que ça ?" murmure-t-elle en examinant les marques. Alors qu'elle s'aventure plus loin, la musique devient plus forte, une mélodie envoûtante qui semble la tirer en avant. Alice tombe sur une clairière où un cercle de pierres brille sous la lumière de la lune.

Cachée, elle observe alors que des figures en robes sombres se rassemblent, commençant un rituel qui semble à la fois ancien et terrifiant. "Qu'est-ce qu'ils font ?" pense Alice, le cœur battant. Les sorcières invoquent des noms qui glacent Alice jusqu'à la moelle, parlant dans une langue qu'elle n'a jamais entendue mais comprend d'une certaine manière. "Comment est-ce possible ?" se demande-t-elle, frissonnante.

Elle essaie de partir, mais se retrouve piégée par une barrière invisible. "Non, je dois sortir d'ici !" s'exclame-t-elle en vain, cherchant une issue. Les sorcières sentent sa présence, se tournant vers elle avec des yeux qui brillent dans l'obscurité. Alice réalise trop tard la gravité de son erreur alors que le cercle se resserre autour d'elle.

"Qui es-tu ?" demande une des sorcières, s'avançant vers Alice avec une curiosité menaçante. Alice, piégée et effrayée, comprend qu'elle est sur le point de découvrir les secrets du village d'une manière qu'elle n'avait jamais imaginée. Sa quête de vérité la mène à un moment décisif, confrontée à la réalité d'un monde qu'elle pensait n'exister que dans les légendes.

1. auberge - inn
2. aubergiste - innkeeper
3. barrière - barrier
4. campagne - countryside
5. chuchotements - whispers
6. clairière - clearing
7. équinoxe - equinox
8. erreur - mistake
9. frissonnante - shivering
10. légendes - legends
11. lumières - lights
12. musique - music
13. pierres - stones
14. rituels - rituals
15. sorcières - witches

Le Rituel

Les sorcières confrontent Alice, l'accusant d'espionner leur rite sacré. "Pourquoi nous observes-tu ?" demande une sorcière avec suspicion. Elles décident de la faire participer à la cérémonie, une participante non consentante à leur rituel sombre. "Tu seras une partie de notre célébration," annonce une autre sorcière d'une voix qui ne laisse place à aucune objection.

Alice apprend que le rituel est pour invoquer une divinité ancienne, longtemps adorée par le coven. "Nous appelons celui qui veille sur nous depuis l'éternité," explique une des sorcières, les yeux brillants d'anticipation. Les sorcières chantent des incantations, et le sol commence à trembler, l'air s'épaississant d'une obscurité palpable. Alice sent son cœur battre à tout rompre, l'atmosphère chargée d'une énergie sinistre.

Les animaux de la forêt se rassemblent au bord de la clairière, regardant silencieusement. Les sorcières tracent des symboles dans la terre autour d'Alice, la liant à la place. "Qu'est-ce que vous faites ?" murmure Alice, mais sa voix est à peine audible. Une sorcière révèle que le rituel nécessite un sacrifice pour compléter leur invocation. "Le don doit être fait," dit-elle, son regard fixé sur Alice.

Alice regarde avec horreur les sorcières exécuter de la magie noire, leurs pouvoirs rendus plus puissants sous la pleine lune. "Non, s'il vous plaît, arrêtez," supplie Alice en son for intérieur, sachant que ses mots ne peuvent changer leur cours. La divinité commence à se manifester dans le cercle, une figure ombragée qui brouille la ligne entre la réalité et le cauchemar. Les sorcières offrent Alice à la divinité, chantant plus fort alors que l'air se remplit d'une énergie d'un autre monde.

Alice ressent un froid intense se répandre en elle, comme si sa force vitale était drainée. Elle tente de plaider avec les sorcières, mais trouve sa voix étouffée par le sortilège. "Aidez-moi," essaie-t-elle de crier, sans qu'aucun son ne sorte. La divinité s'approche d'Alice, sa forme devenant plus claire, une créature d'ombres et de murmures. Les sorcières tombent à genoux en adoration, ignorant les cris silencieux d'Alice pour la pitié.

Le rituel atteint son apogée, la divinité touchant Alice, scellant son sort en tant que sacrifice. Dans ce moment, Alice comprend la profondeur de sa situation, face à un destin inimaginable, loin de tout ce qu'elle a connu. Alors que le rituel se conclut, un événement inattendu se produit, offrant à Alice une lueur d'espoir dans l'obscurité enveloppante. Ce moment marque le début d'une lutte pour la survie, révélant des forces et des alliés qu'Alice ne savait pas posséder.

1. adoration - adoration
2. ancienne - ancient
3. cérémonie - ceremony
4. clairière - clearing
5. divinité - deity
6. espionner - to spy
7. forêt - forest
8. incantations - incantations
9. invocation - invocation
10. magie noire - black magic
11. murmures - whispers
12. sacrifice - sacrifice
13. sorcières - witches
14. symboles - symbols
15. trembler - to tremble

La Transformation

Alice sent sa propre transformation, sa forme humaine se dissolvant alors que le toucher de la divinité la transforme. "Qu'est-ce qui m'arrive ?" pense-t-elle, terrifiée, alors que son identité commence à s'effacer. Elle devient un conduit pour l'entrée de la divinité dans le monde, perdant son identité dans le processus. Les sorcières se réjouissent, leur rituel réussi, alors que l'essence d'Alice fusionne avec la divinité.

La forêt autour d'eux se déforme, les arbres se courbant dans des angles non naturels, le ciel virant à un rouge profond. "La transformation est complète," proclame une sorcière, levant les bras vers le ciel cramoisi. Les animaux fuient, sentant la corruption se répandre depuis la clairière. Alice sent sa conscience s'estomper, ses pensées et émotions humaines s'échappant.

La divinité parle à travers elle, sa voix un cacophonie de chuchotements qui mettent les sorcières à genoux. "Nous t'accueillons," murmurent-elles, soumises. Le monde autour d'Alice s'assombrit, sa vision remplie de visions de chaos et de destruction. Elle essaie de résister, de s'accrocher à son humanité, mais la volonté de la divinité est écrasante.

Les sorcières commencent un nouveau chant, un qui solidifie la présence de la divinité dans le monde physique. "L'ancien devient nouveau, le portail s'ouvre," chantent-elles en unisson. La clairière devient un portail, une porte d'entrée à travers laquelle la véritable forme de la divinité commence à émerger. Alice est perdue, son corps et son âme consommés par la divinité, ses dernières pensées humaines remplies de regret.

La forêt est transformée en un royaume de cauchemar, le pouvoir de la divinité corrompant tout ce qu'il touche. "C'est notre monde maintenant," déclarent les sorcières, se prosternant devant leur nouveau dieu. Le rituel achevé marque le début d'une ère de ténèbres pour le village et au-delà. Les sorcières offrent elles-mêmes comme ses servantes, dévouées à la cause de la divinité.

Dans cet instant sombre, un espoir inattendu apparaît, un faible rayon de lumière au milieu de l'obscurité. Ce moment définitif révèle qu'Alice n'est peut-être pas complètement perdue, posant les bases d'une lutte contre la corruption qui a été déchaînée.

1. cacophonie - cacophony
2. clairière - clearing
3. conduit - conduit
4. corruption - corruption
5. déformer - to warp
6. divinité - deity
7. échapper - to escape
8. émerger - to emerge
9. fusionner - to merge
10. identité - identity
11. obscurité - darkness
12. portail - portal
13. regret - regret
14. résister - to resist
15. transformation - transformation

Les Conséquences

Le village se réveille dans un monde changé, l'air lourd d'un sentiment de malheur imminent. "Qu'est-ce qui s'est passé cette nuit ?" murmurent les villageois entre eux, l'inquiétude se lisant sur leurs visages. Des rumeurs sur les événements de la nuit se répandent, la peur saisissant le cœur des villageois. "Ils disent que la forêt est maudite maintenant," dit une femme à son voisin, jetant un regard effrayé vers les bois sombres.

La forêt devient un lieu de terreur, évité par tous, son obscurité visible même en plein jour. "Personne n'ose s'y aventurer," chuchote un vieil homme, secouant la tête avec tristesse. Alice est introuvable, sa disparition un mystère qui hante le village. "Où est Alice ? Elle était si curieuse de nos légendes," se souvient l'aubergiste, inquiet.

Les sorcières, désormais renforcées par la présence de la divinité, imposent leur volonté aux villageois. "Elles nous demandent l'impossible," gémit un jeune fermier, le désespoir dans la voix. Des phénomènes étranges deviennent courants, avec des ombres se déplaçant seules et des chuchotements entendus dans des pièces vides. "Il y a quelque chose de mal ici," murmure une mère à son enfant, effrayée.

La faune autour du village disparaît, laissant derrière elle un silence inquiétant. "Même les oiseaux sont partis," note tristement un chasseur, son arc à la main mais sans cible en vue. Les villageois tentent de fuir, mais trouvent les routes hors du village obscurcies par d'épais brouillards. "Nous sommes piégés," réalise un groupe d'habitants, leurs sacs de voyage inutiles à leurs pieds.

La divinité, à travers les sorcières, exige des offrandes des villageois pour apaiser sa faim. "Nous n'avons plus rien à donner," pleure une vieille femme, les mains vides. Ceux qui résistent ou tentent de partir sont retrouvés vidés de vie, leurs corps froids et pâles. "C'est un avertissement," chuchotent les villageois, la peur les poussant au silence.

Le village se dégrade lentement, ses bâtiments et champs se flétrissant sous l'influence de la divinité. "Tout se meurt," constate un homme, regardant son champ autrefois fertile, maintenant stérile. Les sorcières tiennent des cérémonies ouvertement, leurs rites sombres n'étant plus cachés des villageois terrifiés. "Nous sommes à leur merci," dit un enfant, regardant la scène d'horreur.

Le monde extérieur perd le contact avec le village, son existence s'effaçant lentement des cartes et des mémoires. "On dirait que le village n'a jamais existé," remarque un voyageur, regardant une carte vide là où le village devrait être. La forêt grandit, empiétant sur le village, comme pour le réclamer pour les ténèbres. "La forêt avance chaque jour," constate un survivant, regardant les arbres s'approcher de sa porte.

Le destin du village est scellé, un lieu oublié perdu dans la peur, les ombres, et le Sabbat des sorcières. "C'est la fin de notre village," murmure le dernier des habitants, disparaissant dans les brumes, laissant derrière lui un village autrefois vivant, maintenant un écho silencieux de son passé vibrant.

1. brouillards - fogs
2. chasseur - hunter
3. chuchotements - whispers
4. divinité - deity
5. étranges - strange
6. faune - fauna
7. fermier - farmer
8. inquiétude - worry
9. maudit - cursed
10. offrandes - offerings
11. ombres - shadows
12. phénomènes - phenomena
13. rituel - ritual
14. terreur - terror
15. villageois - villagers

L'Héritage

Les contes du village et de son destin sombre deviennent légende, murmurés avec peur parmi les régions voisines. "Avez-vous entendu l'histoire du village maudit ?" chuchotent les gens autour des feux de camp, leurs visages éclairés par les flammes. La forêt est dite maudite, un lieu où la lumière ne pénètre jamais et où les cris remplissent la nuit. "Personne n'en revient," dit un homme, son regard perdu dans le lointain.

Les aventuriers et les amateurs de sensations fortes qui s'aventurent dans la forêt à la recherche du village ne reviennent jamais. "Ils ont été avertis," soupire un vieil homme, secouant la tête. Les sorcières, maintenant plus puissantes que jamais, étendent leur influence au-delà du village, répandant la corruption de la divinité. "Leur pouvoir grandit," murmure une femme, la peur dans la voix.

Des aperçus occasionnels d'Alice, ou de ce qu'elle est devenue, hantent le bord de la forêt, un avertissement pour les curieux. "C'est elle... mais ce n'est plus elle," chuchote un enfant, cachant son visage. Le domaine de la divinité grandit, une plaie sur la terre qui s'étend lentement vers d'autres établissements. "La corruption se répand," annonce un messager, son message portant des nouvelles inquiétantes.

Le Sabbat des sorcières devient une nuit de terreur pour tous dans la région, un moment où le voile entre les mondes est mince. "Restez à l'intérieur," conseillent les anciens, leurs voix tremblantes. On dit que les esprits des villageois errent dans la forêt, piégés dans le cauchemar qu'est devenu leur foyer. "Ils ne trouveront jamais le repos," pleure une mère, regardant la forêt sombre.

L'auberge où Alice a séjourné tombe en ruine, ses murs murmurés pour écho avec ses derniers moments de peur. "Elle ne savait pas," murmure l'aubergiste, le regret dans la voix. Les rituels anciens des sorcières, désormais sans opposition, font apparaître d'autres êtres de l'au-delà, chacun plus terrifiant que le dernier. "Qu'avons-nous fait ?" gémit une sorcière, son triomphe tournant à l'horreur.

Le monde au-delà reste ignorant de la véritable horreur qui s'est produite, l'histoire du village étant un simple conte pour effrayer les enfants. "C'est juste une histoire," rassure un parent, inconscient du danger réel. La divinité, satisfaite de son domaine, prévoit d'élargir son royaume, utilisant les sorcières pour percer d'autres mondes. "Le début est proche," susurre la divinité, ses plans sombres non encore réalisés.

L'équilibre des pouvoirs change, avec les ténèbres qui encrochent sur les bords de la réalité, menaçant de tout consommer. "Nous ne pouvons pas arrêter cela," admet un sage, son visage marqué par le désespoir. L'héritage du village et sa chute deviennent un phare sombre, attirant d'autres forces malveillantes. "Nous sommes attirés par lui," chuchotent des voix dans l'ombre, prêtes à plonger le monde dans une obscurité plus profonde.

L'histoire se termine non pas avec espoir, mais avec un avertissement : certaines vérités sont mieux laissées non découvertes, et certaines portes, une fois ouvertes, ne peuvent jamais être fermées. "Faites attention à ce que vous cherchez," est le dernier murmure porté par le vent, un écho de mise en garde pour ceux qui écoutent encore.

1. aperçus - glimpses
2. cauchemar - nightmare
3. corruption - corruption
4. divinité - deity
5. établissements - establishments
6. hantent - haunt
7. inquiétantes - worrying
8. maudit - cursed
9. messager - messenger

10. murmures - whispers
11. obscurité - darkness
12. répandent - spread
13. sensations fortes - thrills
14. ténèbres - darkness
15. terreur - terror

Le Cœur Enchanté

L'Achat Inhabituel

Pierre, un bibliothécaire solitaire vivant dans une ville animée, visite une animalerie locale pour trouver un compagnon. Il est attiré par un perroquet vibrant et parlant avec une allure étonnamment sage. Le perroquet, affichant un vocabulaire extraordinaire, surprend Pierre par sa compréhension des émotions humaines. "Tu es très différent des autres," dit Pierre, intrigué.

Pierre décide d'acheter le perroquet, ressentant une connexion inexplicable avec elle. "Il y a quelque chose en toi," murmure-t-il en la regardant. À la maison, le perroquet se révèle être un animal exceptionnel, présentant des comportements plus proches d'un humain. Elle montre une profonde appréciation pour la littérature, commentant souvent le choix de livres de Pierre.

Le perroquet refuse mystérieusement de révéler son nom, laissant entendre un passé secret. "Mon nom ? C'est une longue histoire," dit-elle avec un air mystérieux. Une nuit, le perroquet commence à raconter des contes de royaumes anciens, de magie et de malédictions, captivant Pierre. "Il était une fois," commence-t-elle, sa voix pleine de nostalgie.

Pierre remarque la tristesse du perroquet quand elle parle d'une princesse et d'une sorcière maléfique. "Cette histoire me touche profondément," avoue-t-elle, un éclat de tristesse dans ses yeux. Le perroquet laisse échapper par accident qu'elle était autrefois humaine, choquant Pierre. "J'étais humaine, oui," dit-elle doucement, baissant le regard.

Elle révèle sa véritable identité comme étant la Princesse Amara, maudite par une sorcière maléfique il y a 500 ans. "Une malédiction a changé ma vie," explique-t-elle avec un soupir. Amara dit à Pierre que la malédiction ne peut être brisée que par le descendant du plus grand sorcier de son royaume. "Seul un sorcier de sang royal peut m'aider," révèle-t-elle, l'espoir dans la voix.

Pierre, fasciné par la magie et les légendes, réalise qu'il est le descendant de ce sorcier. "C'est incroyable," dit-il, les yeux écarquillés d'étonnement. Amara et Pierre forment un lien profond, Pierre jurant d'aider à briser la malédiction. "Je ferai tout pour t'aider," promet-il, déterminé.

Ils commencent à rechercher dans des textes anciens et la magie un moyen de restaurer la forme humaine d'Amara. "Nous trouverons une solution," dit Pierre, feuilletant un vieux grimoire. Ainsi commence leur quête pour briser la malédiction, un voyage rempli de découvertes, de magie, et d'une amitié inattendue. Ensemble, ils espèrent défier le sort et révéler le vrai destin d'Amara.

1. animalerie - pet shop
2. bibliothécaire - librarian
3. compagnon - companion
4. connexion - connection
5. contes - tales
6. émotions - emotions
7. grimoire - spellbook
8. légendes - legends
9. malédictions - curses
10. mystérieux, mystérieuse - mysterious
11. perroquet - parrot
12. princesse - princess
13. quête - quest
14. royaumes - kingdoms
15. sorcière – witch

La Quête du Remède

Pierre découvre que la clé pour briser la malédiction réside dans la recherche du "Cœur de la Forêt", un joyau mythique aux pouvoirs restaurateurs. "Nous devons trouver ce cœur," dit-il à Amara, déterminé. Il apprend que le joyau est caché dans une forêt enchantée qui n'apparaît que sous la pleine lune. "Une forêt enchantée ? Cela ne sera pas facile," réfléchit Amara, perplexe.

Pierre et Amara, toujours sous forme de perroquet, se lancent dans un voyage pour trouver la forêt enchantée. "Nous réussirons ensemble," assure Pierre, plein d'espoir. Ils rencontrent un vieux hibou sage qui prétend avoir vu la forêt et leur offre des conseils. "Suivez le sentier d'argent sous la pleine lune," hulule le hibou, mystérieux.

En chemin, ils font face à des défis qui testent la détermination de Pierre et la sagesse d'Amara. "Nous ne devons pas abandonner," encourage Amara, voyant Pierre fatigué. Ils rencontrent une bande de lutins de forêt amicaux qui les aident à naviguer sur les sentiers changeants de la forêt enchantée. "Merci de votre aide," dit Pierre, reconnaissant.

Pierre et Amara trouvent le Cœur de la Forêt, gardé par un dragon féroce, le protecteur de la magie de la forêt. "Comment allons-nous passer ?" murmure Pierre, impressionné par la créature. Pierre utilise sa connaissance de la lore ancienne pour communiquer avec le dragon, gagnant son respect. "Nous venons avec des intentions pures," explique Pierre au dragon, qui les écoute attentivement.

Le dragon leur permet de prendre le Cœur de la Forêt, impressionné par leurs intentions pures. "Prenez-le, avec mes bénédictions," rugit le dragon, d'une voix qui résonne dans la forêt. Avec le joyau en leur possession, ils se précipitent chez eux pour effectuer le rituel pour briser la malédiction. "Nous avons peu de temps," dit Amara, regardant la lune grandir.

Ils préparent le rituel sous la prochaine pleine lune, combinant la magie du joyau avec la sorcellerie de Pierre. "C'est le moment," dit Pierre, commençant le rituel. Le rituel nécessite un sacrifice d'amour véritable, mettant à l'épreuve les sentiments de Pierre pour Amara. "Je t'aime, Amara," confesse Pierre, prêt à sacrifier sa magie pour briser sa malédiction.

Le Cœur de la Forêt brille vivement, enveloppant Amara dans une aura magique. "C'est incroyable," murmure Pierre, les yeux écarquillés devant le spectacle. Amara se transforme à nouveau en sa forme humaine, la malédiction enfin brisée, grâce à l'amour et au courage de Pierre. "Tu m'as sauvée," dit Amara, émue, se jetant dans les bras de Pierre.

Ainsi, grâce à leur quête courageuse et à l'amour véritable de Pierre, Amara retrouve sa forme humaine, et ensemble, ils commencent un nouveau chapitre de leur vie, libres de la malédiction qui les avait liés.

1. amicaux - friendly
2. bande - group
3. cœur - heart
4. courage - courage
5. détermination - determination
6. dragon - dragon
7. enchantée - enchanted
8. forêt - forest
9. hibou - owl
10. joyau - jewel
11. lutins - elves
12. malédiction - curse
13. perroquet - parrot
14. rituel - ritual
15. sorcellerie - sorcery

Une Princesse dans un Monde Moderne

Amara se réveille sous sa forme humaine, submergée par le nouveau monde qui l'entoure. "Tout a tellement changé," dit-elle, les yeux grands ouverts devant la nouveauté de son environnement. Pierre présente Amara à la vie moderne, l'aidant à s'ajuster aux changements après 500 ans. "Ceci est un téléphone portable," explique Pierre, montrant l'appareil à Amara qui le regarde avec curiosité.

Le comportement royal et l'élégance d'Amara attirent l'attention partout où elle va. "Tu es vraiment une princesse," murmure Pierre, admiratif devant sa prestance naturelle. Elle lutte avec la technologie moderne, trouvant à la fois amusement et frustration.

"Comment cela fonctionne-t-il exactement ?" demande-t-elle, en essayant de naviguer sur un ordinateur portable.

Pierre et Amara cherchent des descendants de sa famille royale, espérant la reconnecter avec son passé. "Peut-être qu'il reste quelque part un morceau de ton royaume," dit Pierre, optimiste. Ils découvrent que le royaume qu'Amara a autrefois connu a depuis longtemps disparu de l'histoire. "Il semble que nous devions commencer à nouveau," constate Amara, un peu triste mais résolue.

Amara décide de repartir à zéro, embrassant sa vie dans le monde moderne avec Pierre à ses côtés. "Avec toi, je suis prête à affronter ce nouveau monde," dit-elle, prenant la main de Pierre. Elle utilise sa connaissance de l'histoire ancienne et de la magie pour devenir une historienne et conférencière renommée. "Votre conférence était fascinante," la complimente un étudiant, impressionné par son savoir.

L'histoire d'amour entre Pierre et Amara devient une sensation, les gens étant fascinés par le conte de la princesse et du bibliothécaire. "C'est comme un conte de fées moderne," s'exclame une admiratrice. Amara fait face à des défis pour s'adapter à son nouveau rôle mais trouve de la joie à aider les autres à apprendre de l'histoire. "Je veux que mon passé serve à éclairer l'avenir," explique-t-elle lors d'une conférence.

La sorcière maléfique, longtemps crue vaincue, sent le retour d'Amara et complote pour se venger. "Amara ne peut pas échapper à son destin," murmure la sorcière, préparant un nouveau sortilège. Pierre et Amara apprennent le retour de la sorcière et se préparent à protéger leur bonheur durement gagné. "Nous affronterons cette menace ensemble," déclare Pierre, déterminé.

Ils renforcent leurs liens, sachant que l'amour et l'unité sont leurs plus grandes armes. "Tant que nous sommes unis, rien ne peut nous vaincre," affirme Amara, confiante. Amara découvre qu'elle possède encore des capacités magiques, un effet persistant de la malédiction. "La magie fait toujours partie de moi," réalise-t-elle, émerveillée par le pouvoir qu'elle détient encore.

Ensemble, ils utilisent la magie d'Amara et la sorcellerie de Pierre pour protéger leur avenir de la malveillance de la sorcière. "Avec notre amour et notre magie, nous surmonterons tout," conclut Pierre, tandis qu'ils se préparent à affronter ensemble les défis à venir, leur amour scellant leur engagement à construire un avenir prometteur, libre des ombres du passé.

1. ajuster - to adjust
2. comportement - behavior
3. conférencière - lecturer
4. descendant - descendant
5. disparu - disappeared
6. enchantée - enchanted
7. historienne - historian
8. malveillance - malice
9. moderne - modern
10. ordinateur portable - laptop
11. royaume - kingdom
12. sensation - sensation
13. sortilège - spell
14. technologie - technology
15. téléphone portable - mobile phone

La Vengeance de la Sorcière

La sorcière, cherchant à se venger, déchaîne une magie noire sur la ville, provoquant chaos et désespoir. "Je répandrai la terreur," jure-t-elle, ses sorts plongeant la ville dans l'obscurité. Pierre et Amara travaillent ensemble pour contrer les sortilèges de la sorcière, sauvant d'innombrables vies. "Nous ne laisserons pas le mal gagner," affirme Pierre, déterminé.

Ils sollicitent l'aide des créatures magiques qu'ils ont liées d'amitié pendant leur quête. "Aidez-nous à protéger la ville," demande Amara, rassemblant une armée improbable de soutien. Les habitants de la ville, autrefois sceptiques quant à la magie, se rangent derrière Pierre et Amara, inspirés par leur courage. "Nous croyons en vous," crient-ils, unis dans la lutte contre la sorcière.

Pierre découvre une ancienne prophétie prédisant le retour de la sorcière et l'avènement d'une princesse capable de la vaincre. "C'est toi, Amara," réalise-t-il, la prophétie à la main. Amara s'entraîne à maîtriser ses pouvoirs magiques, se préparant à l'affrontement final avec la sorcière. "Je suis prête à combattre," dit-elle, une détermination farouche dans les yeux.

La sorcière kidnappe Pierre, l'utilisant comme appât pour attirer Amara dans un piège. "Venez me sauver, si vous l'osez," ricane la sorcière, sûre de sa victoire. Amara affronte la sorcière dans une bataille climatique, son amour pour Pierre lui donnant la force. "Pour Pierre," crie-t-elle, faisant face à la sorcière avec bravoure.

La bataille est féroce, Amara et la sorcière échangeant coup pour coup magique. "Tu ne peux pas me vaincre," hurle la sorcière, mais Amara reste inébranlable. Avec l'aide de ses amis et les encouragements de Pierre, Amara domine la sorcière. "C'est l'amour qui triomphe," proclame Amara, déployant un sort puissant.

La défaite de la sorcière restaure la paix dans la ville, sa magie noire se dissipant à jamais. "La lumière revient," chuchotent les habitants, soulagés. Pierre est sauvé, et la ville célèbre Amara comme une héroïne. "Merci, Amara," chantent les gens, la joie remplissant leurs cœurs.

La victoire renforce le lien entre les mondes magique et humain. "Nous sommes unis," déclare Pierre, regardant autour de lui, les visages remplis d'espoir. Amara et Pierre réalisent qu'ils ont accompli la prophétie, apportant équilibre et harmonie. "Nous l'avons fait ensemble," dit Amara, serrant la main de Pierre.

Ils envisagent un avenir rempli d'amour, de magie et de la promesse de nouvelles aventures. "Le monde est plein de possibilités," murmure Pierre, Amara à ses côtés, prêts à affronter ensemble tout ce que l'avenir leur réserve, leur amour scellant un engagement éternel à protéger et à chérir le monde qui les entoure.

1. affrontement - confrontation
2. appât - bait

3. chérir - to cherish
4. créatures magiques - magical creatures
5. déchaîner - to unleash
6. désespoir - despair
7. équilibre - balance
8. farouche - fierce
9. kidnappe - kidnaps
10. lien - bond
11. magie noire - black magic
12. prophétie - prophecy
13. restaurer - to restore
14. sortilèges - spells
15. vaincre - to defeat

Un Nouveau Départ

Amara et Pierre utilisent leurs expériences pour promouvoir la compréhension et la coopération entre les humains et les êtres magiques. "Nous pouvons construire un monde meilleur," dit Pierre, optimiste. Ils ouvrent une école de magie et d'histoire, enseignant l'importance des deux dans la formation de l'avenir. "C'est notre héritage," annonce Amara, fière de leur projet.

L'histoire d'Amara inspire des personnes dans le monde entier, prouvant que le courage et l'amour peuvent transcender le temps. "Votre histoire donne de l'espoir," lui confie un étudiant, ému. Le couple adopte un nouveau perroquet, honorant le temps d'Amara sous la malédiction et leur première rencontre. "C'est un nouveau départ pour nous," sourit Amara, caressant doucement l'oiseau.

Ils explorent le monde, à la recherche d'artefacts magiques et de lore pour élargir leurs connaissances et aider les autres. "Chaque découverte est une aventure," dit Pierre, carte en main. Amara devient un symbole de résilience, utilisant son passé pour autonomiser les autres face à l'adversité. "Si je peux le surmonter, vous le pouvez aussi," encourage-t-elle lors d'une conférence.

Pierre écrit un livre sur leurs aventures, devenant un auteur à
succès. "C'est notre histoire à tous," dit-il lors d'une séance de
dédicace, souriant à ses lecteurs. Ils découvrent des restes du
royaume ancien d'Amara, apportant ses histoires et sa sagesse au
monde moderne. "C'est un trésor perdu," murmure Amara,
émerveillée par les artefacts.

L'école devient un havre pour ceux ayant des capacités magiques,
assurant qu'ils ont une place dans la société. "Vous êtes les
bienvenus ici," accueille Pierre, ouvrant les portes de l'école.
Amara et Pierre plaident pour la protection des créatures
magiques, établissant des réserves et sanctuaires. "Ils méritent
notre protection," insiste Amara, signant un partenariat avec des
écologistes.

L'amour du couple devient plus fort, servant de fondation pour
leurs nombreuses entreprises. "Tant que nous sommes ensemble,"
murmure Pierre, tenant la main d'Amara. Ils rencontrent parfois
des défis mais les surmontent avec leur force et intelligence
combinées. "Nous faisons une bonne équipe," rit Amara, après
avoir résolu un mystère ancien.

Amara et Pierre organisent des célébrations annuelles qui
réunissent les communautés magiques et humaines. "C'est une
belle union," commente un invité, admirant la diversité des
participants. Leur héritage est celui de l'unité, de l'amour et de la
croyance que tout est possible avec détermination. "Nous avons
changé le monde," réalise Amara, les yeux pleins d'espoir.

L'histoire se termine avec Amara et Pierre regardant le coucher de
soleil, réfléchissant à leur voyage et se tournant vers l'avenir,
entourés d'amis, de famille et de magie. "Quelle aventure
incroyable," dit Pierre, embrassant Amara. "Et ce n'est que le
début," répond-elle, son regard tourné vers l'horizon rempli de
promesses et de mystères encore à découvrir. Ensemble, ils
s'avancent vers un avenir où leur amour et leur magie

continueront de briller, guidant leur chemin vers de nouvelles aventures.

1. aventure - adventure
2. autonomiser - to empower
3. célébrations - celebrations
4. coopération - cooperation
5. dédicace - signing
6. école - school
7. entreprises - ventures
8. expériences - experiences
9. héritage - legacy
10. lore - lore
11. magiques - magical
12. perroquet - parrot
13. prophétie - prophecy
14. réserves - reserves
15. sanctuaires - sanctuaries

Merlin et l'Ombre sur l'Aquitaine

L'Invocation

Au cœur de l'Aquitaine, un groupe de druides modernes se rassemble dans une clairière isolée de la forêt, à l'abri de la nuit. Ils cherchent à ramener Merlin, le légendaire sorcier, croyant qu'il peut les guider pour restaurer l'équilibre dans le monde moderne. Les druides forment un cercle autour d'une pierre ancienne, gravée de runes oubliées, et commencent leur incantation. "Par les pouvoirs anciens, nous t'invoquons, Merlin !" chantent-ils, unis dans leur effort.

Alors qu'ils chantent, l'air s'épaissit, et un brouillard profond s'installe, enveloppant la forêt dans une obscurité surnaturelle. Le sol tremble doucement, comme répondant à l'appel des druides, et les runes sur la pierre brillent d'une lumière spectrale. Malgré leur préparation extensive, les druides ne sont pas pleinement conscients du pouvoir qu'ils sont sur le point de déchaîner. "Sommes-nous vraiment prêts ?" murmure l'un d'eux, l'incertitude dans sa voix.

Un portail s'ouvre dans le cercle, tordant la réalité et le temps, remontant jusqu'aux âges sombres pour trouver Merlin. Le silence s'abat sur la forêt, les animaux fuyant alors qu'une figure émerge du portail : Merlin, mais pas comme le sage légendaire de la légende. Ses yeux brûlent d'un feu d'un autre monde, et sa présence remplit l'air d'un sentiment de terreur. "Qu'avons-nous fait ?" chuchotent les druides, réalisant leur erreur.

Les druides réalisent trop tard que le Merlin qu'ils ont invoqué est d'une époque où il était consumé par la magie noire. Merlin parle d'une voix qui résonne de puissance, déclarant qu'il inaugurera une nouvelle ère, non pas d'équilibre, mais de domination sur l'humanité. Le portail se ferme, laissant les druides et Merlin enfermés dans le monde moderne, la pierre ancienne se brisant sous la force de son arrivée. "Ce monde sera à moi," déclare Merlin, observant le monde moderne autour de lui, son esprit tissant des plans de conquête et de soumission.

Les druides, horrifiés par leur erreur, supplient Merlin de considérer l'équilibre qu'ils cherchaient à restaurer. "Nous implorons ta clémence, Merlin," disent-ils, le désespoir dans leur voix. Merlin les rejette d'un geste de la main, les transformant en pierre, un avertissement pour quiconque oserait s'opposer à lui. "Que ceci serve de leçon," dit-il, sa voix résonnant dans la clairière silencieuse.

Ainsi commence le récit de Merlin dans le monde moderne, un conte de pouvoir, de magie et de conséquences imprévues, où les druides modernes doivent maintenant trouver un moyen de corriger leur grave erreur et de sauver le monde de l'ambition démesurée du sorcier qu'ils ont malencontreusement ramené à la vie.

1. ambition - ambition
2. brouillard - fog
3. cercle - circle
4. clairière - clearing
5. conséquences - consequences
6. déchaîner - to unleash
7. domination - domination
8. druides - druids
9. émerger - to emerge
10. équilibre - balance
11. erreur - mistake
12. incantation - incantation
13. légendaire - legendary
14. portail - portal
15. runes - runes

L'Ascension de Merlin

Merlin commence à explorer le monde moderne, ses pouvoirs lui permettant de se fondre dans la masse et de manipuler ceux qui l'entourent. "Ce monde a bien changé, mais il sera à moi," murmure-t-il, déterminé. Il est à la fois fasciné et repoussé par les avancées de la technologie, les voyant comme des outils à utiliser pour ses propres fins. "Ces machines pourraient servir mes desseins," réfléchit Merlin, observant les lumières scintillantes de la ville.

Merlin établit une base de pouvoir dans un château ancien, caché au sein des forêts denses de l'Aquitaine. "Cet endroit sera mon sanctuaire," décide-t-il, le château se dressant majestueusement devant lui. Il convoque des créatures de mythe et de légende, utilisant sa magie pour briser les barrières entre les mondes. "Venez à moi, créatures des ombres," commande Merlin, le ciel s'assombrissant à ses mots.

La population locale commence à remarquer des phénomènes étranges, avec des rapports de monstres et de phénomènes inexpliqués. "Avez-vous vu cela ?" chuchotent les villageois, terrifiés par les ombres qui rôdent. Les formes de pierre des druides deviennent un site de pèlerinage, attirant d'autres qui pratiquent les anciennes voies, seulement pour tomber sous le sort de Merlin. "Il y a de la magie ici," murmure un nouveau venu, avant d'être enveloppé par un sortilège.

Merlin utilise sa magie pour corrompre la faune, créant une armée de bêtes enchantées pour garder son domaine. "Protégez ce lieu," ordonne-t-il, les créatures rugissant en réponse. Les druides modernes tentent de communiquer avec Merlin, offrant la technologie comme moyen d'amplifier son pouvoir. "Nous pouvons vous aider," proposent-ils, désespérés de trouver une solution.

Merlin, intrigué, commence à intégrer la technologie moderne avec la magie ancienne, créant des artefacts d'une puissance immense. "La magie et la machine, ensemble," dit-il, ses yeux brillant d'une lueur malicieuse. Il pirate les réseaux mondiaux, répandant le chaos et la désinformation, renforçant son emprise sur le monde. "Le monde entier sera sous mon contrôle," rit Merlin, devant ses écrans illuminés de codes et de sortilèges.

Les gouvernements et les entités surnaturelles commencent à prendre note, mais la magie de Merlin s'avère difficile à combattre. "Comment l'arrêter ?" demandent-ils, impuissants face à l'étendue de sa puissance. Une résistance se forme, composée de ceux qui ont été témoins de la magie noire de Merlin. "Nous devons agir," déclarent-ils, unis dans leur désir de stopper l'ascension de Merlin.

Merlin, conscient de la résistance, la voit comme une simple nuisance, se concentrant plutôt sur son plan plus large pour remodeler le monde. "Ils ne peuvent pas m'arrêter," se vante-t-il, son regard tourné vers l'horizon. Le monde naturel commence à souffrir, avec des saisons déséquilibrées et des catastrophes naturelles augmentant en fréquence. "La terre elle-même se rebelle," constatent les villageois, impuissants face aux changements.

Merlin se déclare souverain de l'Aquitaine, son influence se répandant comme une marée sombre à travers le pays. "Je suis le maître de ce monde," proclame Merlin, son règne de terreur commençant à prendre forme. Ainsi, l'ascension de Merlin laisse le monde dans l'incertitude et la peur, avec une résistance qui se prépare à le défier. La bataille pour l'avenir est sur le point de commencer, le destin de l'humanité et de la magie suspendu à l'équilibre.

1. ancienne - ancient
2. artefacts - artifacts
3. base de pouvoir - power base
4. château - castle
5. créatures - creatures
6. désinformation - misinformation
7. émerger - to emerge
8. enchantées - enchanted
9. forêts denses - dense forests
10. intégrer - to integrate
11. légende - legend
12. magie noire - black magic
13. monde moderne - modern world
14. phénomènes étranges - strange phenomena
15. résistance - resistance

La Résistance

La résistance, un mélange de forces modernes et anciennes, commence à s'organiser contre le pouvoir croissant de Merlin. "Nous devons trouver ses faiblesses," déclare Isolde, une descendante des druides originaux, devenue leader de la résistance. Ils cherchent les vestiges du savoir ancien des druides, espérant trouver une faiblesse dans la magie de Merlin. "Il doit y avoir quelque chose dans les anciens textes," murmure Isolde, feuilletant un grimoire poussiéreux.

Isolde découvre une ancienne prophétie prédisant le retour de Merlin et l'émergence d'un champion qui pourrait le vaincre. "C'est notre espoir," dit-elle, partageant la découverte avec ses alliés. La résistance lance des attaques de guérilla contre les forces de Merlin, essayant de ralentir son expansion. "Chaque action compte," insiste Isolde, encourageant ses compagnons.

Merlin répond avec une brutalité efficace, ses créatures enchantées décimant les rangs de la résistance. "Il est plus puissant que nous le pensions," admet un membre de la résistance, abattu. Isolde et son équipe parviennent à infiltrer le château de Merlin, découvrant des plans pour ouvrir des portails vers d'autres mondes. "Nous devons arrêter cela," décide Isolde, déterminée.

Ils volent l'un des artefacts de Merlin, espérant utiliser son pouvoir pour fermer définitivement les portails. "Ceci pourrait être notre chance," dit Isolde, tenant l'artefact volé. Merlin, furieux du vol, intensifie ses efforts pour écraser la résistance, lançant un sortilège sombre qui plonge l'Aquitaine dans une nuit éternelle. "Ils regretteront cela," gronde Merlin, sa colère déferlant sur le pays.

La résistance utilise l'artefact volé pour protéger leur base, créant un sanctuaire immunisé contre la magie de Merlin. "Nous sommes en sécurité ici," rassure Isolde, activant l'artefact. Isolde cherche des alliés dans d'autres royaumes, appelant des entités qui considèrent les actions de Merlin comme une menace pour l'équilibre de l'univers. "Aidez-nous," implore-t-elle lors d'une ancienne cérémonie.

Merlin capture un membre de la résistance, utilisant la magie noire pour le retourner contre ses camarades. "Traître !" crient-ils, désemparés face à la trahison. La résistance découvre un moyen d'affaiblir le pouvoir de Merlin en détruisant les sources de sa magie cachées à travers l'Aquitaine. "C'est notre mission," annonce Isolde, planifiant les attaques.

Alors qu'ils commencent à progresser, Merlin lance une attaque dévastatrice sur le sanctuaire de la résistance, brisant ses défenses. "Il est là !" crient-ils, se préparant au combat. Isolde affronte Merlin dans une bataille de magie et d'esprit, mais l'artefact est détruit lors de la confrontation, scellant apparemment leur destin. "Non !" s'exclame Isolde, voyant l'artefact se briser.

Ainsi, face à un avenir incertain et un ennemi redoutable, la résistance doit puiser dans sa force et sa détermination pour trouver une nouvelle façon de vaincre Merlin et sauver l'Aquitaine de la nuit éternelle qu'il a imposée. Leur lutte symbolise l'espoir face à l'adversité, rappelant que même dans les moments les plus sombres, il y a de la lumière à trouver.

1. affaiblir - to weaken
2. ancienne - ancient
3. artefact - artifact
4. brutalité - brutality
5. champion - champion
6. décimant - decimating
7. déterminée - determined
8. émergence - emergence
9. guérilla - guerrilla
10. immunisé - immune
11. incertain - uncertain
12. prophétie - prophecy
13. sanctuaire - sanctuary
14. sortilège - spell
15. traître - traitor

La Chute de l'Aquitaine

Avec la résistance brisée et l'artefact détruit, le contrôle de Merlin sur l'Aquitaine devient absolu. "Tout est perdu," murmurent les survivants, le désespoir s'emparant de leurs cœurs. La nuit éternelle que Merlin a jetée sur la terre perturbe l'ordre naturel, provoquant une famine et des maladies généralisées. "Rien ne pousse plus, rien ne vit," dit un fermier, observant ses terres stériles.

Les créatures de Merlin errent librement, imposant sa volonté et écrasant les derniers foyers de résistance. "Il n'y a nulle part où se cacher," pleurent les gens, fuyant les bêtes de l'ombre. La communauté mondiale tente d'intervenir, mais la magie de Merlin crée une barrière autour de l'Aquitaine, l'isolant du reste du monde. "Aquitaine est perdue pour nous," concluent les dirigeants mondiaux, impuissants.

Merlin commence à ouvrir des portails vers d'autres royaumes, invoquant des êtres d'une puissance immense pour le servir. "Je serai le maître de tous les mondes," déclare Merlin, sa soif de pouvoir insatiable. L'équilibre de la magie dans le monde se déplace dangereusement, menaçant de déchaîner le chaos au-delà de l'Aquitaine. "Il doit être arrêté," murmure Isolde, cachée dans l'ombre, cherchant désespérément une solution.

Survivant à l'attaque du sanctuaire, Isolde se cache, cherchant un nouveau moyen de vaincre Merlin sans l'artefact. "Il y a toujours de l'espoir," dit-elle, trouvant des textes anciens évoquant un sort qui pourrait dépouiller Merlin de ses pouvoirs, mais nécessitant un sacrifice. Les membres restants de la résistance se rassemblent pour une dernière mission, sachant que cela pourrait être leur fin. "Pour l'Aquitaine," crient-ils, déterminés à affronter leur destin.

Ils lancent une attaque surprise sur le château de Merlin, visant à le distraire suffisamment longtemps pour qu'Isolde puisse lancer le sort. "Maintenant !" crie Isolde, s'élançant à travers les ombres. Merlin, anticipant leur plan, capture Isolde, révélant qu'il avait planté de fausses informations sur le sort. "Vous pensiez vraiment me tromper ?" ricane Merlin, la tenant fermement.

L'attaque de la résistance faiblit, et Merlin exécute ceux qu'il capture, affichant leurs corps comme un avertissement. "Voilà le sort des traîtres," proclame-t-il, son regard froid balayant ceux qui osent encore le défier. Isolde est forcée de regarder alors que la vision de Merlin pour un nouveau monde commence à prendre forme, son espoir de victoire s'amenuisant. "Tout est fini," chuchote-t-elle, les larmes aux yeux.

Merlin annonce des plans pour étendre son dominion au-delà de l'Aquitaine, utilisant les portails pour envahir d'autres royaumes. "L'ère de Merlin commence," déclare-t-il, son ambition débordant de ses paroles. L'Aquitaine devient une forteresse sombre, un symbole du pouvoir inébranlable de Merlin et de l'échec de la résistance. "Nous avons perdu," admet un ancien résistant, regardant le château sombre qui se dresse comme un monument à leur désespoir.

Dans cet univers où Merlin règne en tyran, l'espoir semble perdu. Pourtant, même dans les ténèbres les plus profondes, il reste une lueur d'espoir, car tant qu'il y aura des cœurs courageux pour se lever contre l'oppression, la flamme de la résistance ne sera jamais totalement éteinte.

1. barrière - barrier
2. bêtes de l'ombre - shadow beasts
3. château - castle
4. désespoir - despair
5. dominion - dominion
6. éternelle - eternal
7. famine - famine
8. forteresse - fortress
9. lueur - glimmer
10. maladies - diseases
11. portails - portals
12. résistance - resistance
13. sanctuaire - sanctuary
14. stériles - barren
15. tyran - tyrant

Le Nouvel Ordre Mondial de Merlin

L'influence de Merlin s'étend au-delà de l'Aquitaine, ses armées et sa magie déstabilisant pays et royaumes. "Le monde entier tremble devant ma puissance," proclame Merlin, regardant son empire s'étendre. Le monde naturel souffre sous la contrainte de la magie de Merlin, avec des forêts anciennes qui se flétrissent et des mers devenant empoisonnées. "Ce que nous faisions pour vivre est maintenant un désert," pleure un ancien fermier, impuissant.

Merlin établit un conseil de mages noirs et d'êtres d'autres royaumes pour gouverner son nouvel empire. "Vous servirez sous mon commandement," ordonne Merlin à son conseil, assemblé dans l'ombre de son château. La résistance est rappelée seulement dans des murmures étouffés, leur défaite servant de rappel sévère de la puissance de Merlin. "N'oubliez jamais ce qui est arrivé à ceux qui ont osé me défier," menace Merlin, son avertissement résonnant à travers les terres.

Isolde reste emprisonnée dans le château de Merlin, son esprit brisé par la perte de ses camarades et la destruction de sa patrie. "Tout est perdu," murmure-t-elle, une larme coulant le long de sa joue. Les portails de Merlin permettent à ses créatures de semer le chaos à travers le monde, mettant l'humanité à genoux. "Il n'y a nulle part où se cacher," disent les survivants, terrorisés par les monstres qui rôdent dans l'obscurité.

Les êtres magiques anciens, autrefois neutres, choisissent leur camp, beaucoup s'alignant avec Merlin pour préserver leur propre pouvoir. "Nous devons survivre," justifient-ils, leur alliance avec Merlin scellant le sort du monde. L'équilibre entre les mondes magiques et mortels est irrévocablement détruit, menant à des événements imprévisibles et catastrophiques. "Le monde tel que nous le connaissions n'existe plus," constate un sage, désolé.

L'empire de Merlin est construit sur la peur et la magie noire, avec des dissidents qui disparaissent dans la nuit. "Opposez-vous à Merlin, et vous disparaissez," chuchotent les gens, effrayés. Les restes du monde naturel sont tordus en versions grotesques d'eux-mêmes, servant de témoignage à la vision sombre de Merlin. "C'est une terre de cauchemars," disent ceux qui osent encore parler.

Les tentatives de l'humanité de riposter sont futiles, leurs armes et technologies ne faisant pas le poids face à la magie de Merlin. "Nous ne pouvons rien contre lui," admettent les leaders, le désespoir dans la voix. Le règne de Merlin est absolu, avec tout espoir de retour à la lumière semblant comme un rêve lointain. "L'obscurité règne désormais," déclare Merlin, triomphant.

Les âges sombres que Merlin a salués renaissent, une nouvelle ère où la magie règne en maître sur un monde brisé. "C'est mon ère," déclare Merlin, sa magie enveloppant le monde dans l'ombre. Isolde, le dernier espoir de la résistance, disparaît de l'histoire, son sort un mystère pour ceux qui se souviennent encore de son nom. "Que s'est-il passé à Isolde ?" murmurent-ils, espérant contre toute attente.

Le conte de l'Aquitaine et de sa chute devient une légende, un récit d'avertissement sur l'ambition et les dangers de manipuler des forces au-delà de la compréhension. "Souvenez-vous de l'Aquitaine," chuchotent les conteurs, leur histoire servant de leçon pour les générations futures, rappelant le prix de la soif de pouvoir et les conséquences d'un monde perdu à l'ombre d'un seul homme.

1. armées - armies
2. château - castle
3. conseil - council
4. créatures - creatures
5. désert - desert
6. empire - empire
7. empoisonnées - poisoned

8. esprit - spirit
9. flétrissent - wither
10. magiques - magical
11. mages noirs - dark wizards
12. murmures - whispers
13. portails - portals
14. résistance - resistance
15. royaumes - kingdoms

Les Gardiens de la Jungle Perdue

L'Île Mystérieuse

Lucas, un jeune archéologue aventureux, débarque en Nouvelle-Calédonie, attiré par les contes d'une civilisation ancienne. "Il doit y avoir des trésors cachés ici," pense-t-il, l'excitation dans son cœur.

Il entend des rumeurs d'un temple perdu, caché profondément dans la jungle dense de l'île, intouché depuis des siècles. "Un temple perdu ? Cela pourrait être la découverte d'une vie," murmure Lucas, l'imagination enflammée.

Lucas rencontre Kiona, une chamane locale, qui le met en garde contre les esprits protecteurs de la jungle et l'histoire maudite du temple. "Beaucoup ont tenté de trouver le temple, peu sont revenus," avertit Kiona, son regard sérieux.

Intrigué par le défi, Lucas convainc Kiona de le guider, promettant de respecter la sacralité de la jungle. "Je vous en prie, montrez-moi le chemin," implore Lucas, son respect pour la culture de Kiona évident.

Ils préparent l'expédition, rassemblant des fournitures et des cartes anciennes murmurées être dessinées par les ancêtres. "Ces cartes nous guideront," dit Kiona, les déployant sur la table.

Kiona réalise un rituel pour demander aux esprits un passage sûr, et Lucas sent une énergie étrange les envelopper. "Qu'est-ce que... ?" commence Lucas, interrompu par une sensation de paix.

Le duo se met en route, naviguant à travers la jungle luxuriante et vibrante, témoignant d'une faune exotique et de paysages à couper le souffle. "C'est magnifique," s'exclame Lucas, émerveillé.

Ils rencontrent des obstacles naturels, des rivières traîtresses aux sentiers trompeurs qui semblent changer. "La jungle vit," explique Kiona, guidant Lucas avec assurance.

Kiona enseigne à Lucas à écouter la jungle, comprenant ses signes et avertissements. "La jungle parle à ceux qui savent écouter," dit-elle, un sourire énigmatique aux lèvres.

Des phénomènes mystiques et étranges se produisent autour d'eux, y compris des visions du passé et des murmures dans une langue ancienne. "Entendez-vous cela ?" chuchote Lucas, intrigué.

Ils trouvent des artefacts anciens en chemin, confirmant qu'ils sont sur la bonne voie vers le temple. "Nous approchons," annonce Kiona, examinant un fragment de poterie.

La jungle teste leur résolution, chaque défi les rapprochant et révélant la profonde connexion de Kiona avec la terre. "C'est plus qu'une expédition," réalise Lucas, admirant le lien de Kiona avec son environnement.

Ils atteignent une clairière où la canopée de la jungle s'ouvre aux étoiles, marquant l'entrée du domaine du temple. "Nous y sommes," dit Kiona, son regard fixé sur l'horizon.

À l'orée de la clairière, Lucas et Kiona rencontrent un gardien spectral, protecteur du temple. "Qui ose entrer ?" demande le gardien, sa voix résonnant dans la nuit.

Après avoir prouvé leurs intentions, le gardien leur permet le passage, et le chemin caché vers le temple se révèle sous le clair de lune. "Merci," murmure Lucas, un mélange de gratitude et d'anticipation dans sa voix.

Ainsi commence l'aventure de Lucas et Kiona vers le temple perdu, un voyage à travers les mystères de la jungle et les légendes d'une civilisation oubliée, promettant de révéler des secrets enfouis depuis des siècles.

1. Aventureux - Adventurous
2. Chamane - Shaman
3. Civilisation - Civilization
4. Découverte - Discovery
5. Énergie - Energy
6. Excitation - Excitement
7. Expédition - Expedition
8. Fournitures - Supplies
9. Jungle - Jungle

10. Luxuriante - Lush
11. Mystique - Mystical
12. Phénomènes - Phenomena
13. Rituel - Ritual
14. Sacralité - Sacredness
15. Trésors - Treasures

Le Chemin vers l'Éveil

Le chemin vers le temple est semé de pièges anciens et d'énigmes, vestiges de l'ingéniosité de la civilisation. "Regarde, des pièges !" alerte Lucas, observant attentivement le sol devant eux.

. L'expertise archéologique de Lucas et le savoir chamanique de Kiona se révèlent complémentaires, résolvant les énigmes qui gardent l'accès. "C'est comme si tout était conçu pour nous tester," dit Kiona, résolvant une énigme complexe.

Ils découvrent des inscriptions racontant l'ascension et la chute de la civilisation, et le rôle du temple comme nexus spirituel. "Ces gens avaient une vision profonde," murmure Lucas, touché par leur histoire.

Kiona sent la présence des esprits ancestraux, les guidant vers le cœur du temple. "Nous ne sommes pas seuls," chuchote-t-elle, une lueur de respect dans les yeux.

Le duo rencontre une chambre remplie de statues de divinités, chacune représentant différents aspects de la nature et de l'humanité. "Ces statues sont magnifiques," admire Lucas, émerveillé.

Dans la chambre, Lucas et Kiona trouvent une série de fresques dépeignant la profonde connexion de la civilisation avec la jungle et ses créatures. "Ils vivaient en harmonie totale," réalise Kiona, émue.

Ils apprennent la prophétie d'une époque où le monde extérieur menacerait l'équilibre, et un voyage serait entrepris pour le restaurer. "C'est notre voyage," dit Lucas, inspiré.

Plus ils s'aventurent, plus ils réalisent que le temple n'est pas juste un lieu de culte, mais une porte vers la compréhension de la sagesse du peuple ancien. "C'est plus qu'un temple," soupire Kiona, contemplative.

Lucas documente leurs découvertes, tandis que Kiona ressent une puissance grandissante en elle, comme si le temple éveillait quelque chose en elle. "Je me sens différente ici," confie-t-elle, les mains sur son cœur.

Ils sont confrontés à un dilemme moral lorsqu'ils trouvent une relique, réputée posséder une puissance immense mais sacrée pour les esprits de la jungle. "Devrions-nous la prendre ?" hésite Lucas.

Respectant le conseil de Kiona, Lucas décide de ne pas enlever la relique, comprenant que certaines découvertes doivent être préservées. "C'est le bon choix," approuve Kiona, soulagée.

Leur décision plaît aux esprits, et le temple révèle son plus grand secret : une bibliothèque cachée du savoir de la civilisation. "Incroyable !" s'exclame Lucas, les yeux brillants d'excitation.

Ils passent des jours à étudier les textes, apprenant les avancées de la civilisation et leur harmonie avec la nature. "Nous avons tant à apprendre d'eux," dit Kiona, absorbée dans sa lecture.

Alors qu'ils se préparent à partir, ils réalisent que le temple a un dernier test, une épreuve qui défie leur compréhension de l'équilibre et du sacrifice. "Nous sommes prêts," dit Lucas, main dans la main avec Kiona.

En réussissant l'épreuve, ils se voient confier une sagesse ancienne, promettant de l'utiliser pour protéger et respecter le monde naturel. "Nous honorerons cette sagesse," jurent-ils ensemble, quittant le temple transformés par leur voyage, prêts à partager les leçons apprises avec le monde, et à œuvrer pour un avenir où l'harmonie entre l'humanité et la nature peut être restaurée.

1. Ancestraux - Ancestral
2. Chambre - Room

3. Chamanique - Shamanic
4. Connexion - Connection
5. Énigmes - Riddles
6. Fresques - Frescoes
7. Harmonie - Harmony
8. Inscriptions - Inscriptions
9. Nexus - Nexus
10. Pièges - Traps
11. Prophétie - Prophecy
12. Relique - Relic
13. Sacrée - Sacred
14. Sagesse - Wisdom
15. Statues - Statues

Le Retour

Avec un nouveau savoir et une compréhension plus profonde de la signification spirituelle de l'île, Lucas et Kiona commencent leur voyage de retour. "Nous avons tant appris," dit Lucas, le regard tourné vers l'horizon.

Ils remarquent que la jungle semble faciliter leur retour, avec des chemins dégagés et des rivières calmes, comme si elle approuvait leurs choix respectueux. "La jungle nous guide," murmure Kiona, écoutant le vent.

Kiona ressent une connexion plus forte avec ses racines ancestrales, ses pouvoirs chamaniques renforcés par l'influence du temple. "Je sens la force de mes ancêtres en moi," confie-t-elle à Lucas, une lueur nouvelle dans les yeux.

Lucas, transformé par l'expérience, jure de plaider pour la préservation de tels sites, reconnaissant leur valeur au-delà des artefacts historiques. "Nous devons protéger ces lieux sacrés," déclare-t-il, déterminé.

Ils rencontrent un groupe de bûcherons menaçant la sanctité de la jungle, et Kiona utilise ses nouveaux pouvoirs pour protéger la terre. "Arrêtez ! Cette terre est sacrée," crie-t-elle, les mains levées vers le ciel.

Lucas documente la rencontre, prévoyant de l'utiliser comme preuve de la nécessité d'efforts de conservation. "Le monde doit savoir," dit-il, capturant chaque moment avec sa caméra.

Les esprits de la jungle apparaissent à Lucas dans un rêve, le remerciant pour son respect et lui offrant leur guidance. "Nous te soutenons," murmurent-ils, leur voix comme un souffle dans la nuit.

Ils tombent sur un village qui souffrait d'une maladie mystérieuse, et Kiona utilise sa guérison chamanique pour les soigner. "Vous êtes guéris," annonce-t-elle, après une cérémonie émouvante.

Les villageois reconnaissants partagent des histoires de la jungle et du temple, ajoutant aux recherches de Lucas et à la compréhension de Kiona de son héritage. "Merci, vous avez sauvé notre village," disent-ils, les larmes aux yeux.

À l'approche de la civilisation, ils réalisent que la jungle a commencé à guérir des empiétements passés, un signe que l'équilibre est en train d'être restauré. "La nature se rétablit," observe Lucas, admirant le paysage.

Lucas et Kiona partagent leur aventure avec la communauté locale, soulignant l'importance de respecter et de préserver leur patrimoine naturel et culturel. "Nous devons agir ensemble," expliquent-ils lors d'une réunion du village.

L'histoire de leur voyage se répand, inspirant à la fois les locaux et les étrangers à voir la jungle et ses mystères sous un nouveau jour. "C'est une leçon pour nous tous," chuchote un ancien, ému.

Lucas publie ses découvertes, prenant soin d'omettre les détails sensibles qui pourraient conduire à l'exploitation, se concentrant sur l'appel à la préservation. "Protégeons notre patrimoine," écrit-il, son article touchant le cœur de nombreux lecteurs.

Kiona devient un pont entre le monde moderne et les traditions de son peuple, plaidant pour une coexistence durable. "Nous pouvons apprendre les uns des autres," dit-elle, son message de paix et d'harmonie résonnant.

Leur expédition devient un catalyseur de changement, menant à une protection accrue pour la jungle et à la reconnaissance de sa signification culturelle. "Nous avons fait une différence," se réjouissent Lucas et Kiona, regardant ensemble vers un avenir où la nature et la culture sont chéries et protégées pour les générations à venir.

1. Ancestrales - Ancestral
2. Bûcherons - Loggers
3. Chamanique - Shamanic
4. Civilisation - Civilization
5. Compréhension - Understanding
6. Conservation - Conservation
7. Dégagés - Cleared
8. Émouvante - Moving
9. Guérison - Healing
10. Heritage - Heritage
11. Pouvoirs - Powers
12. Préservation - Preservation
13. Racines - Roots
14. Sacré - Sacred
15. Sanctité - Sanctity

Gardiens de la Jungle

Inspirés par leur aventure, Lucas et Kiona établissent une fondation dédiée à la conservation des jungles et des sites archéologiques de Nouvelle-Calédonie. "Nous ferons la différence," déclare Lucas, son enthousiasme contagieux.

Ils organisent des programmes éducatifs pour les locaux et les touristes, leur enseignant l'importance de l'écosystème de la jungle et du patrimoine culturel. "La jungle nous parle, si nous savons écouter," explique Kiona lors d'un atelier.

La fondation finance des recherches supplémentaires sur l'ancienne civilisation, révélant plus de sites qui approfondissent la compréhension de leur histoire et spiritualité. "Chaque découverte est un pas vers la compréhension," dit Lucas, examinant un nouvel artefact.

Kiona mène des efforts pour raviver les pratiques traditionnelles qui protègent la jungle, mêlant la sagesse ancienne aux techniques modernes de conservation. "Nos ancêtres connaissaient la voie," affirme Kiona, guidant une cérémonie de plantation d'arbres.

Le travail de Lucas attire l'attention internationale, apportant soutien et financement à leurs efforts de conservation. "Le monde regarde ce que nous faisons ici," dit Lucas, répondant à des emails de soutien.

Ensemble, ils contrecarrent une opération minière illégale qui menaçait l'intégrité de la jungle, utilisant la connexion spirituelle de Kiona et l'influence croissante de Lucas. "Nous ne laisserons pas faire," s'engage Kiona, déterminée.

Le gardien spectral leur apparaît à nouveau, cette fois dans une vision, reconnaissant leur rôle comme protecteurs de la jungle. "Vous êtes les élus," murmure le gardien, sa figure se dissipant comme la brume.

Ils découvrent un réseau de rivières souterraines qui relient des sites sacrés à travers l'île, approfondissant le mystère de l'ancienne civilisation. "C'est un système incroyable," s'émerveille Lucas, cartographiant les cours d'eau.

La fondation crée une zone protégée autour du temple, assurant sa préservation et respectant sa signification spirituelle. "Ce lieu est sacré," rappelle Kiona, installant des panneaux d'information.

Les pouvoirs de Kiona continuent de croître, lui permettant de communiquer avec la jungle de manière à guider leur travail de conservation. "La jungle me guide," dit-elle, les yeux fermés en méditation.

Le partenariat entre Lucas et Kiona devient légendaire, incarnant l'équilibre entre progrès et préservation. "Ensemble, nous créons un futur durable," partagent-ils lors d'une conférence.

Ils reçoivent une subvention gouvernementale pour étendre leur zone de conservation, reconnaissant leurs efforts dans la protection des ressources naturelles et culturelles de l'île. "Votre travail est vital," leur écrit un fonctionnaire, impressionné.

La fondation organise un symposium international sur l'île, rassemblant des experts en archéologie, écologie et spiritualité pour partager connaissances et stratégies. "C'est un moment historique," annonce Lucas, ouvrant l'événement.

Lucas écrit un livre sur leur voyage, mettant l'accent sur l'éveil spirituel et la prise de conscience environnementale qu'il a inspirés. "C'est notre histoire," dit-il, dédicaçant un exemplaire à Kiona.

La jungle prospère, avec des espèces en danger qui rebondissent et des arbres anciens qui s'épanouissent, un témoignage de leur gardiennage réussi. "Regarde comme la jungle est vivante," sourit Kiona, admirant le paysage verdoyant.

Ainsi, Lucas et Kiona continuent de veiller sur la jungle, leur dévouement et leur amour pour la terre forgeant un héritage durable qui inspire les générations futures à chérir et protéger le monde naturel et ses merveilles cachées.

1. Aventure - Adventure
2. Chérir - Cherish
3. Conservation - Conservation
4. Contrecarrer - Thwart
5. Dédiée - Dedicated
6. Durable - Sustainable
7. Écosystème - Ecosystem
8. Enseignant - Teaching
9. Forger - Forge
10. Gardiennage - Stewardship
11. Influence - Influence
12. Légendaire - Legendary
13. Patrimoine - Heritage
14. Prospérer - Thrive
15. Réseau - Network

L'Héritage du Temple Perdu

Des années plus tard, la fondation de Lucas et Kiona est devenue un modèle de préservation culturelle et environnementale dans le monde entier. "Nous avons commencé petit, et regarde maintenant," dit Lucas, un sourire plein de fierté.

Le temple perdu, désormais symbole de l'équilibre harmonieux entre l'humanité et la nature, attire des chercheurs et des chercheurs spirituels. "Cet endroit est une source d'inspiration," murmure un érudit, ému par la beauté du site.

Kiona établit une école pour jeunes chamans, transmettant son savoir et la sagesse du temple aux générations futures. "Vous êtes l'avenir," enseigne-t-elle, guidant ses élèves à travers les rituels anciens.

Le livre de Lucas est utilisé dans les universités, inspirant une nouvelle génération d'archéologues à aborder leur travail avec respect et humilité. "Votre livre a changé ma vision," confie un étudiant à Lucas, reconnaissant.

La fondation découvre des sites perdus supplémentaires, offrant chacun de nouveaux aperçus de la civilisation ancienne et enrichissant le patrimoine culturel mondial. "Chaque site est un nouveau chapitre de l'histoire," dit Lucas, dévoilant une découverte.

Un festival annuel est établi pour célébrer la spiritualité et la biodiversité de la jungle, attirant des gens du monde entier. "C'est une célébration de la vie," annonce Kiona, ouvrant les festivités.

Kiona et Lucas encadrent une équipe de jeunes conservationnistes et archéologues, assurant la continuité de leur travail. "Nous comptons sur vous," leur rappellent-ils, partageant leur expérience.

Les esprits protecteurs de la jungle sont plus actifs, parfois vus par ceux qui respectent profondément la terre, gardant contre les menaces. "La jungle veille sur nous," chuchote un jeune chaman, observant une ombre bienveillante.

Un documentaire sur leur aventure et leurs efforts de conservation est diffusé, diffusant davantage leur message d'équilibre et de protection. "Leur histoire est notre inspiration," dit un spectateur, touché par le film.

La fondation réussit à faire pression pour une législation qui protège les sites sacrés et restreint les activités exploitantes sur l'île. "C'est une victoire pour tous," célèbre Kiona, après l'annonce de la nouvelle loi.

L'histoire de Lucas et Kiona devient une légende, enseignée dans les écoles pour inculquer des valeurs d'intendance environnementale et de respect culturel. "Ils nous ont montré la voie," dit un enseignant à ses élèves, admiratif.

Le gardien spectral accorde une bénédiction finale à Lucas et Kiona, affirmant leur rôle de protecteurs éternels de la jungle et de ses secrets. "Votre dévouement est reconnu," leur assure le gardien, sa présence apaisante.

Ils établissent une bourse de recherche pour les études sur l'intersection de la spiritualité et des sciences environnementales. "Explorons ensemble," encourage Lucas, lançant l'initiative.

La fondation met en place un réseau de zones protégées reliées par des corridors écologiques, permettant à la faune de prospérer et de se déplacer librement. "La nature se reconnecte," observe Kiona, regardant un groupe d'animaux passer.

L'héritage de Lucas et Kiona est celui de l'unité, montrant au monde que respecter notre passé et protéger notre patrimoine naturel sont essentiels à un avenir durable. "Ensemble, nous avons fait une différence," se réjouissent-ils, regardant leur œuvre florissante, un témoignage vivant de leur amour et de leur engagement pour la terre qui les a tant donnés.

1. Aperçus - Insights
2. Biodiversité - Biodiversity
3. Célébration - Celebration
4. Chamans - Shamans
5. Continuité - Continuity
6. Érudit - Scholar
7. Festival - Festival
8. Florissante - Flourishing
9. Inspiration - Inspiration
10. Législation - Legislation
11. Modèle - Model
12. Patrimoine - Heritage
13. Préservation - Preservation
14. Sacré - Sacred
15. Spiritualité - Spirituality

Le Cœur Sombre de la Forêt

La Forêt Enchantée

Jacques et Lucile, frère et sœur en randonnée dans la campagne française, tombent sur un sentier caché voilé par un épais brouillard. "Regarde, un chemin !" s'exclame Jacques, la curiosité piquée.

Attirés par une curiosité inexplicable, ils suivent le sentier et se retrouvent dans une forêt luxuriante et vibrante, comme aucune qu'ils n'ont jamais vue. "C'est magnifique," murmure Lucile, les yeux écarquillés d'émerveillement.

L'air est rempli d'un doux parfum, et la lumière semble scintiller d'une qualité éthérée. "On dirait un rêve," dit Jacques, respirant profondément l'air parfumé.

Ils rencontrent pour la première fois des fées, qui les accueillent avec des sourires chaleureux et des voix mélodieuses, offrant de les guider à travers la forêt. "Bienvenue," chantent les fées, leur présence lumineuse.

Les fées conduisent Jacques et Lucile à une clairière où les arbres s'écartent pour révéler un ciel peint de couleurs qu'ils n'ont jamais imaginées. "C'est incroyable," s'émerveille Lucile, captivée par le spectacle.

Un festin est préparé en leur honneur, avec des fruits qui brillent comme des joyaux et de l'eau qui scintille sous la lumière du soleil. "Pour vous, nos amis," disent les fées, les invitant à se joindre.

Les frères et sœurs sont enchantés par l'hospitalité des fées, émerveillés par leur capacité à communier avec la nature et leur apparente gentillesse. "Merci pour votre accueil," dit Jacques, touché par leur générosité.

À la tombée de la nuit, les fées les invitent à rester, tissant des abris magiques à partir des arbres et des fleurs. "Dormez bien," murmurent-elles, leur magie tissant un cocon de confort.

La forêt semble les bercer pour s'endormir, une berceuse de chuchotements et de feuilles bruissantes. "C'est paisible," soupire Lucile, s'abandonnant au sommeil.

Cependant, alors qu'ils s'endorment, Jacques remarque des ombres qui bougent à la lisière de la forêt, mais l'épuisement l'entraîne dans un sommeil profond avant qu'il ne puisse y réfléchir davantage. "Qu'était-ce ?" se demande-t-il, avant de sombrer.

Lucile rêve de voler avec les fées, mais son rêve prend une tournure sombre lorsqu'elle entrevoit des visages cachés de malice derrière leurs sourires. "Quelque chose ne va pas," sent-elle, inquiète dans son rêve.

Ils se réveillent pour trouver la forêt transformée, avec des chemins qui n'étaient pas là auparavant et des arbres qui semblent les observer. "C'est différent," constate Jacques, regardant autour de lui.

Les fées les rassurent, affirmant que c'est juste la magie de la forêt, changeant avec le soleil. "Ne vous inquiétez pas," disent-elles, leur ton légèrement changé.

Désireux d'explorer davantage, Jacques et Lucile suivent les fées plus profondément dans les bois, inconscients des changements subtils dans le comportement de leurs hôtes. "Allons voir," propose Lucile, excitée.

Plus ils avancent, plus ils commencent à ressentir un malaise rampant, comme si la forêt elle-même se refermait autour d'eux. "Je me sens observé," chuchote Jacques, une inquiétude naissante.

Ainsi commence l'aventure de Jacques et Lucile dans la forêt enchantée, un lieu de merveilles et de mystères, où chaque pas les entraîne plus profondément dans un monde où la magie règne, mais où les dangers se cachent dans l'ombre, prêts à révéler les secrets et les épreuves que renferme cette forêt mystérieuse.

1. Berceuse - Lullaby
2. Brouillard - Fog
3. Chuchotements - Whispers

4. Clairière - Clearing
5. Curiosité - Curiosity
6. Écarquillés - Wide-eyed
7. Émerveillement - Wonder
8. Enchantée - Enchanted
9. Éthérée - Ethereal
10. Festin - Feast
11. Lisière - Edge
12. Luxuriante - Lush
13. Malaise - Unease
14. Randonnée - Hiking
15. Scintiller - Twinkle

Le Jeu des Fées

Les fées présentent Jacques et Lucile à d'autres créatures mythiques : des animaux parlants, des arbres chuchotants et des lumières dansantes qui semblent avoir leur propre vie. "Bienvenue dans notre monde," disent les fées, un sourire énigmatique aux lèvres.

Ils sont invités à participer à des jeux qui défient la logique, avec des règles qui changent et des objectifs qui échappent à la compréhension. "Prêts pour un peu de magie ?" demande une fée, ses yeux pétillants de malice.

Jacques gagne un jeu, et son prix est un aperçu de l'avenir, qui lui montre des images fugaces de ténèbres et de désespoir. "Qu'est-ce que cela signifie ?" murmure-t-il, troublé par les visions.

Lucile se retrouve perdue lors d'un jeu, errant seule jusqu'à ce qu'une fée la trouve, ses yeux luisant d'une lumière sinistre qu'elle n'avait pas remarquée auparavant. "Où étais-tu ?" demande-t-elle, une pointe d'inquiétude dans sa voix.

Les frères et sœurs commencent à remarquer qu'avec chaque jeu, la forêt devient plus sombre et le chemin du retour plus obscur. "Je ne reconnais plus rien," dit Lucile, scrutant les ombres qui s'allongent.

Les fées écartent leurs préoccupations, racontant des histoires de merveilles à voir, les distrayant avec des illusions envoûtantes. "Ne vous inquiétez pas, suivez-nous," rient-elles, les entraînant plus profondément.

Alors qu'ils sont conduits à un nouveau jeu, Jacques et Lucile tombent sur une clairière où les ombres semblent s'attarder plus longtemps que naturel. "Cet endroit... me fait froid dans le dos," chuchote Jacques.

Au centre de la clairière se dresse un arbre ancien, ses branches tordues en formes qui suggèrent des figures tourmentées. "C'est magnifique, mais triste," observe Lucile, fascinée et effrayée.

Les fées parlent de l'arbre à voix basse, l'appelant le Cœur de la Forêt, la source de leur pouvoir. "Il détient de vieux secrets," murmurent-elles, une lueur de respect dans les yeux.

Les jeux deviennent plus intenses, avec des enjeux qui impliquent des souvenirs, des émotions et des aperçus de leurs peurs les plus profondes. "Cela devient sérieux," dit Jacques, un frisson parcourant son échine.

Lucile gagne un défi et se voit accorder un vœu ; elle demande la vérité derrière les intentions des fées, mais son souhait est accueilli par le silence. "Pourquoi ne répondent-elles pas ?" se demande-t-elle, la suspicion naissant.

La nuit tombe, et la forêt ne semble plus accueillante ; les visages des fées oscillent entre beauté et quelque chose de sombre. "Nous devrions partir," dit Jacques, son instinct le poussant à fuir.

Jacques et Lucile tentent de partir, mais les fées insistent pour qu'ils restent pour le jeu final, promettant qu'il révélera tout. "Vous devez voir la fin," insistent-elles, leur ton plus pressant.

Ils sont conduits dans une partie de la forêt qui vibre d'une énergie ancienne et inquiétante. "Qu'est-ce que c'est que cet endroit ?" demande Lucile, une peur grandissante dans sa voix.

Le jeu final commence, un test de confiance et de trahison, les frères et sœurs forcés de confronter l'obscurité grandissante dans le cœur de leurs hôtes. "Pouvons-nous vraiment leur faire confiance

?" se demande Jacques, alors que le jeu les plonge dans un dilemme moral profond, révélant les véritables enjeux de leur visite dans la forêt enchantée.

1. Aperçu - Glimpse
2. Chuchotants - Whispering
3. Clairière - Clearing
4. Créatures - Creatures
5. Désespoir - Despair
6. Énigmatique - Enigmatic
7. Illusions - Illusions
8. Inquiétude - Worry
9. Luisant - Glowing
10. Magie - Magic
11. Malice - Malice
12. Ombres - Shadows
13. S'attarder - Linger
14. Ténèbres - Darkness
15. Tourmentées - Tormented

Le Cœur de la Forêt

Le jeu révèle la véritable nature des fées : gardiennes d'un équilibre entre la lumière et l'obscurité, un équilibre qui penche désormais vers les ténèbres. "Nous sommes les protecteurs de cet équilibre," avouent-elles, leur visage empreint de gravité.

Jacques et Lucile apprennent que la forêt se nourrit des émotions et des expériences de ceux qui y entrent, soutenant la magie qui maintient les fées en vie. "C'est ainsi que nous survivons," expliquent-elles, un voile de tristesse dans leur voix.

L'arbre ancien, le Cœur de la Forêt, est en train de mourir, empoisonné par le désaveu du monde moderne et son détachement de la nature. "Le Cœur se meurt," disent-elles, montrant l'arbre flétri.

Les fées avouent qu'elles ont attiré les frères et sœurs dans la forêt dans le cadre d'un rituel pour raviver le Cœur avec des émotions humaines pures. "Vous étiez notre espoir," confient-elles, la culpabilité teintant leurs paroles.

Jacques et Lucile réalisent que chaque étape a été manipulée, leurs joies et leurs peurs récoltées comme des cultures. "Nous étions juste... des outils ?" murmure Lucile, trahie et blessée.

Les fées, désormais plus sombres, expliquent que si le Cœur meurt, la magie qui maintient l'équilibre entre les mondes se défera, libérant le chaos. "L'équilibre est en jeu," disent-elles, l'urgence dans leur ton.

Elles offrent à Jacques et Lucile un choix : donner volontairement leurs souvenirs les plus chers au Cœur ou regarder la forêt, et potentiellement le monde, succomber à l'obscurité. "Le sacrifice est nécessaire," insistent-elles, leurs yeux implorants.

Déchiré, Jacques veut se sacrifier pour le bien commun, mais Lucile refuse, déterminée à trouver une autre manière de sauver à la fois la forêt et eux-mêmes. "Il doit y avoir une autre solution," dit-elle, sa détermination inébranlable.

Alors qu'ils se disputent, la forêt devient agressive, les vignes et les branches entravant leurs mouvements, les poussant vers le Cœur. "Nous n'avons pas le choix," crie Jacques, luttant contre les lianes.

La défiance de Lucile met les fées en colère, qui révèlent leurs formes plus sombres, des ombres de leur ancienne beauté, avec des traits tordus et des dents acérées et menaçantes. "Vous nous avez forcés," hurlent-elles, leur beauté envolée.

Dans un geste désespéré de liberté, Jacques et Lucile tentent de courir vers le bord de la forêt, seulement pour trouver leur chemin bloqué par une barrière invisible. "Impossible de s'échapper," réalise Lucile, désespérée.

Les fées attaquent, déterminées à prendre de force ce dont elles ont besoin, leur attrait enchanteur transformé en férocité terrifiante. "Laissez-nous partir !" supplie Jacques, capturé par les fées.

Jacques est capturé, et dans un moment de décision déchirante, Lucile accepte le sacrifice pour sauver son frère. "Prenez mes souvenirs, mais épargnez-le," dit-elle, les larmes aux yeux.

Alors que ses souvenirs s'écoulent dans le Cœur, la forêt est revitalisée, mais au prix de l'essence de Lucile, la laissant comme une coquille vide. "Lucile..." murmure Jacques, libéré mais brisé.

Jacques, libéré mais brisé, regarde la forêt se refermer, les fées indifférentes à sa douleur, leur équilibre restauré mais leur humanité perdue. "Que nous reste-t-il ?" se demande-t-il, seul face à la cruelle indifférence de la forêt enchantée, un paradis retrouvé au prix d'un sacrifice inimaginable.

1. Aggressive - Aggressive
2. Ancien - Ancient
3. Barrière - Barrier
4. Cœur - Heart/Core
5. Déchirante - Heartbreaking
6. Défera - Will undo
7. Désaveu - Disavowal
8. Émotions - Emotions
9. Équilibre - Balance
10. Férocité - Ferocity
11. Flétri - Withered
12. Implorants - Imploring
13. Indifférence - Indifference
14. Manipulée - Manipulated
15. Rituel - Ritual

Le Prix de la Magie

Avec le Cœur de la Forêt revitalisé, la magie s'intensifie, la barrière entre les mondes se renforce, et les fées retrouvent leur puissance. "La forêt est sauvée," murmurent-elles, insensibles à la détresse humaine.

Jacques, portant la coquille vide de Lucile, erre dans la forêt, qui semble maintenant étrangère et hostile. "Où es-tu, Lucile ?" soupire-t-il, son cœur lourd de chagrin.

Les fées, leur tâche accomplie, ne montrent aucun intérêt pour Jacques, se concentrant sur la réparation des dommages à leur royaume. "Notre monde est tout ce qui compte," disent-elles, tournant le dos à la souffrance des humains.

Jacques rencontre des créatures de la forêt, jadis mystiques et séduisantes, reflétant maintenant l'obscurité qui a touché les fées. "Que vous est-il arrivé ?" demande-t-il, horrifié par leur transformation.

Il ne trouve ni réconfort ni échappatoire ; la forêt, vivante de magie, se déforme et change, le gardant piégé. "Laissez-moi partir," supplie-t-il, mais la forêt reste sourde à ses appels.

Lucile, dépourvue de ses souvenirs et de ses émotions, devient une figure fantomatique, à peine reconnaissant son frère. "Lucile, c'est moi, Jacques," dit-il, mais elle le regarde avec des yeux vides.

Les tentatives de Jacques pour la ranimer échouent, chaque effort ne faisant que lui rappeler le prix payé pour la survie de la forêt. "Je suis désolé," pleure-t-il, impuissant.

Les fées observent de loin, leurs expressions un mélange de pitié et d'indifférence, un rappel du coût humain de leur existence. "C'est le prix de la magie," chuchotent-elles, indifférentes à la douleur de Jacques.

Dans son désespoir, Jacques défie les fées, exigeant qu'elles restaurent Lucile, mais elles refusent, liées par les lois de leur magie. "Nous ne pouvons rien changer," déclarent-elles, fermes dans leur décision.

Les frères et sœurs sont laissés à errer dans la forêt, un sombre rappel du coût de se mêler à des pouvoirs anciens. "Nous sommes perdus," réalise Jacques, l'ombre de la forêt pesant lourdement sur eux.

La forêt s'assombrit autour d'eux, la magie autrefois vibrante et porteuse de vie se sent maintenant oppressive et hantante. "Tout a changé," murmure Jacques, la rage grandissant dans son cœur.

La tristesse de Jacques se transforme en colère, jurant de trouver un moyen de briser l'emprise des fées sur eux et sur la forêt. "Je te sauverai, Lucile," jure-t-il, sa détermination inébranlable.

Lucile, dans son état silencieux et vide, devient un phare de tristesse, attirant l'attention d'autres âmes perdues piégées dans la forêt. "Nous ne sommes pas seuls," constate Jacques, entouré par les ombres des oubliés.

Les fées, réalisant la menace que représente la colère de Jacques, décident d'agir, menant à une confrontation où l'essence même de la forêt est en jeu. "Nous devons protéger notre royaume," disent-elles, prêtes à défendre leur monde.

Le sort des frères et sœurs devient lié à la magie de la forêt, un lien qui ne peut être brisé sans détruire les deux. "Notre destin est scellé," murmure Jacques, face à l'inévitable affrontement qui déterminera l'avenir de la forêt enchantée et de ceux qui y sont perdus, un dernier acte de résistance contre les forces qui cherchent à les emprisonner à jamais dans son étreinte magique.

1. Barrière - Barrier
2. Coquille vide - Empty shell
3. Détresse - Distress
4. Échappatoire - Escape
5. Émotions - Emotions
6. Fantomatique - Ghostly
7. Hantante - Haunting
8. Hostile - Hostile
9. Indifférence - Indifference
10. Magie - Magic
11. Obscurité - Darkness
12. Phare - Beacon
13. Pitié - Pity
14. Ranimer - Revive

15. Royaume - Kingdom

L'Effondrement

La bataille de Jacques contre les fées et leur magie le mène au cœur de la forêt, où le Cœur de la Forêt pulse d'une lumière sombre. "C'est là," murmure Jacques, déterminé à affronter son destin.

Dans un ultime acte de défi, Jacques trouve un moyen de perturber le Cœur, déclenchant une réaction catastrophique qui menace de consumer la forêt. "Arrêtez-moi si vous pouvez !" crie-t-il, brisant le sceau qui protège le Cœur.

Les fées, paniquées, tentent de réparer les dégâts, mais les actions de Jacques ont enclenché une décadence irréversible. "Qu'as-tu fait ?" hurlent-elles, leurs efforts pour sauver leur monde s'effondrant autour d'elles.

L'équilibre entre la lumière et l'obscurité s'effondre, la magie de la forêt se retournant contre elle-même, corrompant tout ce qu'elle touche. "La forêt meurt," constate Jacques, l'horreur se dessinant sur son visage.

Lucile, connectée au Cœur, devient l'épicentre de l'effondrement, sa forme vacillant entre états d'être et de non-être. "Lucile, tiens bon," supplie Jacques, impuissant devant sa transformation.

Les créatures de la forêt, prises dans le chaos, fuient ou périssent, leurs cris résonnant à travers les bois mourants. "Sauvez-vous !" crie Jacques, mais ses avertissements arrivent trop tard pour beaucoup.

Jacques, réalisant trop tard les conséquences de ses actes, tente de sauver Lucile, mais la magie qui la lie est hors de portée. "Je ne peux pas te perdre," pleure-t-il, ses mains traversant la silhouette évanescente de Lucile.

Les fées, leur pouvoir s'amenuisant, maudissent Jacques pour sa folie, le condamnant à errer dans la forêt alors qu'elle tombe en ruine. "C'est ton œuvre," crachent-elles, leur regard empli de mépris.

Alors que la forêt s'effondre, la barrière entre les mondes s'affaiblit, permettant à l'obscurité jadis contenue de se répandre dans le monde. "Tout est perdu," murmure Jacques, observant la désolation s'étendre au-delà de la forêt.

La figure fantomatique de Lucile devient un symbole de la colère de la forêt, hantant Jacques alors qu'il navigue dans le labyrinthe de décomposition. "Lucile, pardonne-moi," implore-t-il, mais elle reste silencieuse, une ombre parmi les ombres.

Les fées, vaincues et vengeresses, se retirent dans les ombres, leur existence liée au sort de la forêt. "Nous ne t'oublierons pas," murmurent-elles, leur voix se perdant dans le vent.

Le monde extérieur commence à ressentir les effets de la mort de la forêt, avec des occurrences étranges et des phénomènes inexpliqués. "Qu'avons-nous déchaîné ?" se demande Jacques, le poids de la culpabilité écrasant son âme.

Jacques, piégé par ses propres actions, devient un gardien des ruines, une pénitence pour la destruction qu'il a causée. "Je protégerai ce qu'il reste," jure-t-il, seul dans son veille perpétuelle.

La forêt, jadis lieu de merveilles et de magie, devient un désert désolé, un conte de mise en garde sur les dangers cachés dans les contes de fées. "La magie a un prix," chuchote le vent, portant l'écho de leur tragédie.

L'histoire se termine avec Jacques et Lucile, liés aux restes de la forêt, un rappel du prix de sous-estimer le pouvoir de la magie ancienne et l'attrait trompeur des fées, leur héritage une leçon sombre pour ceux qui osent s'aventurer dans les profondeurs insondables de la forêt enchantée, là où la lumière et l'obscurité dansent éternellement en un ballet de création et de destruction.

1. Affronter - To confront
2. Catastrophique - Catastrophic
3. Conséquences - Consequences
4. Corrompre - To corrupt
5. Décadence - Decay
6. Désolation - Desolation
7. Échapper - To escape
8. Effondrement - Collapse
9. Épicentre - Epicenter
10. Évanescente - Evanescent
11. Hantant - Haunting
12. Impuissant - Powerless
13. Inévitable - Inevitable
14. Maudire - To curse
15. Pénitence - Penance

Entre Ombre et Lumière

La Malédiction Moderne

Dans une ville moderne animée, une scientifique renommée découvre une ancienne malédiction dans un manuscrit médiéval. "C'est incroyable," murmure-t-elle, émerveillée par le texte ancien.

Le manuscrit raconte l'histoire d'une belle endormie, maudite pour dormir pendant des siècles sans vieillir, cachée quelque part dans la ville. "Une telle découverte pourrait révolutionner la science médicale," pense Dr. Evelyn, de plus en plus obsédée par l'idée de trouver la belle endormie.

La recherche de Dr. Evelyn la mène à une partie oubliée de la ville, où l'ancien et le nouveau se mélangent en un labyrinthe mystérieux. "C'est ici que les mondes se rencontrent," dit-elle, scrutant les alentours.

Elle trouve un jardin caché avec une seule tour intacte au milieu, scellée par des ronces et des systèmes de sécurité modernes. "Comment puis-je entrer ?" se demande-t-elle, examinant les défenses avec un œil expert.

Utilisant ses compétences, Dr. Evelyn contourne la sécurité et entre dans la tour, trouvant la belle endormie, Aurora, parfaitement préservée. "Tu es ici," souffle-t-elle, émerveillée par la vision d'Aurora.

Dr. Evelyn tente de réveiller Aurora avec la technologie moderne, mais la malédiction résiste à ses efforts. "Ce n'est pas aussi simple que je le pensais," réalise-t-elle, frustrée par l'échec.

Réalisation de la complexité de la malédiction, Dr. Evelyn plonge plus profondément dans le manuscrit, découvrant que la malédiction ne peut être brisée que par une véritable connexion avec le monde moderne. "Il me faut une autre approche," conclut-elle, son esprit bourdonnant d'idées.

Dr. Evelyn publicise sa découverte, attirant l'attention mondiale et déclenchant des débats sur l'éthique, la science et la magie. "Le monde doit savoir," dit-elle lors d'une conférence de presse, les caméras capturant chaque moment.

La nouvelle atteint Alex, un jeune artiste qui ressent une étrange attraction pour l'histoire d'Aurora. "Je dois la voir," murmure-t-il, dessinant déjà dans son esprit.

Alex visite la tour, ressentant une connexion inexplicable avec Aurora, et commence à la dessiner, essayant de capturer sa beauté intemporelle. "Il y a quelque chose de magique ici," dit-il, absorbé par son art.

Dr. Evelyn remarque un changement subtil dans l'état d'Aurora chaque fois qu'Alex est autour, suggérant qu'une connexion émotionnelle pourrait être la clé pour briser la malédiction. "C'est incroyable," dit-elle, observant les réactions d'Aurora.

La ville bourdonne de spéculation et d'anticipation alors que des gens du monde entier viennent voir la belle endormie. "C'est devenu un phénomène," note Dr. Evelyn, regardant la foule se rassembler.

Dr. Evelyn et Alex font équipe, combinant science et art pour trouver un moyen de réveiller Aurora, explorant le pouvoir de la connexion humaine. "Ensemble, nous pouvons le faire," disent-ils, unis dans leur mission.

Leurs efforts réveillent par inadvertance une magie ancienne dans la ville, laissant entrevoir des profondeurs cachées au monde qu'ils croyaient connaître. "Qu'avons-nous réveillé ?" se demandent-ils, alors que des signes de magie commencent à apparaître, promettant des révélations et des défis à venir, dans une ville qui n'aura jamais été aussi mystérieuse.

1. Animée - Bustling
2. Attraction - Attraction
3. Belle endormie - Sleeping Beauty
4. Connexion - Connection
5. Débats - Debates
6. Découverte - Discovery
7. Échec - Failure
8. Émerveillée - Amazed
9. Jardin caché - Hidden Garden

10. Labyrinthe - Labyrinth
11. Malédiction - Curse
12. Manuscrit - Manuscript
13. Médiéval - Medieval
14. Phénomène - Phenomenon
15. Réveiller - To awaken

L'Éveil

Les esquisses d'Alex d'Aurora deviennent une sensation, symbolisant l'espoir et la beauté dans le monde moderne, renforçant encore leur lien. "Tes dessins lui donnent vie," dit Dr. Evelyn, admirant l'art d'Alex.

Dr. Evelyn crée un sérum inspiré par le manuscrit ancien et la connexion d'Alex à Aurora, espérant faire le pont entre magie et science. "C'est notre chance," explique-t-elle, préparant le sérum avec espoir.

À l'approche de la pleine lune, ils préparent un rituel combinant le sérum avec une exposition publique de l'art d'Alex, concentrant l'attention et l'énergie de la ville sur Aurora. "Tout est prêt," annonce Alex, l'excitation palpable dans sa voix.

Pendant l'exposition, la ville connaît une mystérieuse panne d'électricité, la tour étant la seule source de lumière, illuminée d'une lueur éthérée. "Regardez la tour !" s'exclame la foule, captivée.

Alex, guidé par une force invisible, lit à haute voix un poème qu'il a écrit pour Aurora, tandis que Dr. Evelyn administre le sérum. "Pour toi, Aurora," murmure Alex, sa voix portant dans le silence.

Au moment où Alex termine son poème, Aurora remue, son éveil provoquant une vague d'énergie magique qui se propage à travers la ville, révélant brièvement la magie cachée dans ses fondations. "Qu'est-ce que c'est ?" demande Dr. Evelyn, émerveillée par le phénomène.

Le premier regard d'Aurora rencontre celui d'Alex, créant un lien instantané et inexpliqué entre eux, comme si leurs âmes se reconnaissaient. "C'est toi," chuchote Aurora, les yeux dans ceux d'Alex.

La malédiction levée, Aurora peine à comprendre sa nouvelle réalité, son ancien monde entrant en collision avec la ville moderne qui l'entoure. "Où suis-je ?" demande-t-elle, perdue mais fascinée.

La nouvelle de l'éveil d'Aurora se répand comme une traînée de poudre, faisant d'elle un symbole d'un conte de fées devenu réalité à l'ère moderne. "C'est un miracle," dit la presse, capturant chaque moment.

Dr. Evelyn est confrontée à un dilemme moral, déchirée entre sa curiosité scientifique à propos de la malédiction et le respect de l'autonomie d'Aurora. "Dois-je continuer mes recherches ?" se demande-t-elle, conflictuelle.

Aurora, avec l'aide d'Alex, commence à explorer la ville, s'émerveillant de ses merveilles et affrontant ses défis. "Tout a tellement changé," observe-t-elle, découvrant le monde à travers de nouveaux yeux.

Malgré la joie de son éveil, Aurora ressent un profond sentiment de perte pour le temps et le monde qu'elle a laissés derrière elle. "Mon monde me manque," confie-t-elle à Alex, une larme brillant dans son regard.

La relation entre Aurora et Alex s'approfondit, lui servant de guide dans le monde moderne et elle lui enseignant la magie qui existe encore en son sein. "Tu m'ouvres les yeux," dit Alex, ému par ses récits.

Dr. Evelyn les met en garde contre les restes de la malédiction qui subsistent, suggérant que l'éveil d'Aurora a mis en mouvement d'autres forces anciennes. "Soyez prudents," les avertit-elle, consciente des dangers non vus.

Alors qu'ils naviguent dans leur nouvelle réalité, une figure sombre les observe de loin, laissant présager des défis à venir. "Qui est-ce ?" murmure Alex, sentant une présence inquiétante, leur aventure loin d'être terminée, avec des mystères à résoudre et des forces obscures à affronter dans un monde où la magie et la modernité s'entrelacent de manière inextricable.

1. Ancien - Ancient
2. Autonomie - Autonomy
3. Connexion - Connection
4. Déchirée - Torn
5. Dilemme - Dilemma
6. Énergie - Energy
7. Éthérée - Ethereal
8. Exposition - Exhibition
9. Fascinée - Fascinated
10. Inexpliqué - Unexplained
11. Lien - Bond
12. Manuscrit - Manuscript
13. Mystérieuse - Mysterious
14. Panne d'électricité - Power outage
15. Rituel - Ritual

Le Nouveau Monde

La présence d'Aurora revitalise la ville, inspirant une renaissance de l'art et de la science, mêlant l'ancien au nouveau. "Tu as changé la ville," dit Alex, admirant les transformations autour d'eux.

Alex et Aurora collaborent sur un projet qui combine son art avec sa connaissance de la magie ancienne, créant une série de fresques enchantées autour de la ville. "Nos œuvres vont émerveiller," s'enthousiasme Aurora, esquissant des motifs magiques.

Dr. Evelyn poursuit ses recherches, découvrant que le sang d'Aurora contient des propriétés uniques qui pourraient faire avancer la compréhension humaine de la génétique et de la longévité. "C'est une révélation," murmure-t-elle, analysant les échantillons.

La figure sombre est révélée être une descendante de la sorcière qui a maudit Aurora, cherchant à exploiter la magie libérée par son éveil. "La magie sera mienne," jure Morgana, dissimulée dans l'ombre.

Aurora fait l'expérience de flashbacks de sa vie passée, la conduisant, elle et Alex, dans une quête pour découvrir l'histoire de la malédiction et ses liens avec le présent. "Il y a tant à apprendre," dit-elle, déterminée à dévoiler son passé.

Ils découvrent une société secrète dédiée à préserver la connaissance magique à travers les âges, leur offrant orientation et protection. "Bienvenue parmi nous," les accueille la société, les enveloppant de leur savoir.

Morgana tente de kidnapper Aurora, mais Alex et la société secrète déjouent ses plans, approfondissant le conflit. "Tu n'auras pas Aurora," défie Alex, faisant face à Morgana avec courage.

Aurora apprend à contrôler la magie éveillée en elle, l'utilisant pour se protéger et contribuer à la renaissance enchantée de la ville. "Je me sens plus forte," dit-elle, maîtrisant ses nouveaux pouvoirs.

Dr. Evelyn fait face à des questions éthiques concernant ses recherches, décidant finalement de travailler avec Aurora comme une partenaire égale plutôt qu'un sujet d'étude. "Ensemble, nous pouvons faire des merveilles," propose-t-elle, tendant la main à Aurora.

Le projet d'Alex et Aurora culmine lors d'un événement magique qui mêle technologie et sorts anciens, attirant des êtres d'autres royaumes dans la ville. "C'est le début d'une nouvelle ère," annonce Alex, alors que la magie envahit les rues.

L'événement est interrompu par Morgana, qui déchaîne sa magie noire pour capturer Aurora, révélant son plan d'utiliser la magie d'Aurora pour réécrire le destin du monde. "Personne ne peut m'arrêter," rit Morgana, ses sorts plongeant la ville dans le chaos.

Dans le chaos, Aurora est prise, et Alex est laissé gravement blessé, forçant Dr. Evelyn et la société secrète à rassembler les habitants magiques et humains de la ville pour une mission de sauvetage. "Nous la sauverons," jure Dr. Evelyn, organisant la résistance.

La ville s'unit, montrant la force de la communauté et le pouvoir de combiner les anciennes et nouvelles voies. "Ensemble, nous sommes invincibles," proclame la société, ralliant tous à leur cause.

Aurora, captive de Morgana, découvre des profondeurs insoupçonnées de son pouvoir et sa connexion à la magie ancienne de la terre. "Je ne suis pas sans défense," réalise-t-elle, puisant dans sa force intérieure.

Le chapitre se clôt sur les forces de la ville, menées par Alex, Dr. Evelyn et la société secrète, se préparant à prendre d'assaut le bastion de Morgana pour sauver Aurora et le monde de ses sombres ambitions, unissant leurs talents et leur courage face à l'adversité imminente, déterminés à préserver l'équilibre entre la lumière et les ténèbres.

1. Ancienne - Ancient
2. Connaissance - Knowledge
3. Descendante - Descendant
4. Échantillons - Samples
5. Éthiques - Ethical
6. Flashbacks - Flashbacks
7. Fresques - Frescoes
8. Magique - Magical
9. Mission de sauvetage - Rescue mission
10. Partenaire égale - Equal partner
11. Propriétés - Properties
12. Renaissance - Renaissance
13. Recherche - Research
14. Société secrète - Secret society
15. Sorcière - Witch

La Bataille pour l'Équilibre

Le front uni des alliés modernes et anciens marche sur le bastion de Morgana, une forteresse cachée en pleine vue grâce à des enchantements. "Nous sommes prêts," annonce Dr. Evelyn, déterminée.

Morgana révèle son plan à Aurora : utiliser sa magie pour remonter le temps et créer un monde régi par la magie, où la technologie et le progrès moderne n'ont jamais existé. "Un monde à mon image," déclare Morgana, les yeux brillant d'ambition.

Aurora résiste, sa détermination renforcée par son amour pour Alex et son désir de protéger le monde qu'elle a appris à chérir. "Je ne te laisserai pas faire," défie Aurora, son cœur battant pour la justice.

La bataille commence, avec des installations d'art enchantées autour de la ville prenant vie pour protéger ses habitants et combattre les forces de Morgana. "Protégez la ville !" crie Alex, dirigeant les créations magiques.

Dr. Evelyn utilise une combinaison de science et de magie pour briser les défenses de Morgana, permettant à Alex et à la société secrète d'infiltrer le bastion. "C'est notre moment," dit-elle, activant son dispositif.

À l'intérieur, ils font face à des épreuves qui testent leur courage, leur amour et leur engagement envers leur cause, les surmontant grâce au travail d'équipe et à leurs compétences diverses. "Ensemble, nous sommes forts," encourage Alex, guidant le groupe à travers les dangers.

Aurora puise dans les lignes telluriques sous la ville, canalisant leur puissance pour se libérer de sa captivité. "Je suis libre !" s'exclame-t-elle, brisant ses chaînes magiques.

Un affrontement s'ensuit entre Aurora et Morgana, le destin du monde en jeu. "C'est la fin," murmure Aurora, prête à affronter son ennemie.

Alex arrive juste à temps pour aider Aurora, leurs pouvoirs combinés faisant pencher la balance en leur faveur. "Nous vaincrons ensemble," dit-il, se tenant aux côtés d'Aurora.

Morgana, vaincue, les met en garde contre les conséquences du mélange de magie et de technologie, évoquant un plus grand équilibre cosmique qui a été perturbé. "Vous ne comprenez pas ce que vous avez fait," souffle-t-elle, ses derniers mots un avertissement.

Après la bataille, la ville se reconstruit, ses habitants plus unis que jamais, embrassant à la fois la magie et la science comme partie de leur identité. "Nous avons appris," dit la communauté, regardant vers l'avenir.

Aurora décide de rester dans le monde moderne avec Alex, se consacrant à maintenir l'équilibre entre les anciennes voies et les nouvelles. "Je suis à ma place," confie-t-elle à Alex, son regard tourné vers l'horizon.

Dr. Evelyn établit une fondation pour étudier l'intégration de la magie et de la science pour le bien de l'humanité. "Il y a tant à découvrir," dit-elle, ouvrant les portes de la recherche.

La société secrète sort de l'ombre, offrant des conseils à ceux qui souhaitent explorer la magie de manière responsable. "Le monde est prêt," déclarent-ils, accueillant les curieux.

Cependant, alors que la vie retourne à la normale, une nouvelle menace se profile à l'horizon, une conséquence de la perturbation de l'équilibre cosmique par la bataille, laissant présager des défis à venir dans un monde désormais conscient de l'entrelacement délicat entre la magie et la réalité moderne, un équilibre fragile que nos héros s'efforceront de préserver face aux forces qui cherchent à le déstabiliser.

1. Alliés - Allies
2. Bataille - Battle
3. Captivité - Captivity
4. Chaînes - Chains
5. Conseils - Advicc
6. Défenses - Defenses
7. Épreuves - Trials
8. Forteresse - Fortress
9. Infiltrer - Infiltrate
10. Lignes telluriques - Ley lines

11. Mélange - Mixture
12. Pouvoirs combinés - Combined powers
13. Renaissance - Renaissance
14. Résistance - Resistance
15. Société secrète - Secret society

Une Harmonie Fragile

Aurora et Alex profitent d'une période de paix, leur amour se renforçant alors qu'ils naviguent dans les complexités de leur nouvelle vie ensemble. "Je n'aurais jamais imaginé cela," dit Alex, serrant Aurora dans ses bras.

La ville devient un phare d'espoir, un lieu où la magie et la technologie coexistent, attirant des êtres de divers royaumes et modes de vie. "C'est un nouveau départ pour nous tous," observe Aurora, admirant la diversité autour d'elle.

La fondation de Dr. Evelyn réalise des découvertes révolutionnaires, mais attire également l'attention d'entités intéressées à exploiter la magie et la science pour le pouvoir. "Nous devons être prudents," prévient Dr. Evelyn, consciente des dangers.

La société secrète met en garde contre l'amincissement des barrières entre les mondes, un effet secondaire de la bataille qui pourrait conduire au chaos si on ne s'en occupe pas. "Le voile s'affaiblit," dit le gardien, son visage marqué par l'inquiétude.

Aurora ressent une responsabilité croissante de réparer l'équilibre cosmique, sa connexion aux lignes telluriques lui fournissant des aperçus sur les menaces imminentes. "Je sens que quelque chose vient," dit-elle, troublée par ses visions.

Des phénomènes étranges commencent à se produire dans toute la ville, signes de l'affaiblissement des barrières et d'autres royaumes saignant dans leur monde. "Que se passe-t-il ?" demande Alex, confronté à l'inexplicable.

Alex, désormais compétent dans la combinaison de l'art et de la magie, crée des protections autour de la ville, mais ce ne sont que des solutions temporaires. "Cela ne tiendra pas éternellement," admet-il, travaillant sans relâche.

Morgana, bien que vaincue, a laissé derrière elle un héritage que d'autres cherchent à suivre, croyant en sa vision d'un monde régi par la magie. "Ils continuent son œuvre," réalise Aurora, déterminée à stopper leur avancée.

Aurora et Alex découvrent une prophétie annonçant l'arrivée d'un être capable de restaurer ou de détruire l'équilibre, avec Aurora au cœur de celui-ci. "C'est toi," dit Alex, comprenant le rôle central d'Aurora.

La ville fait face à une crise alors que des failles s'ouvrent, libérant des créatures et du chaos dans les rues, mettant à l'épreuve l'harmonie qu'ils ont lutté pour établir. "Nous devons agir," crie Dr. Evelyn, organisant la défense.

Dans une tentative de sceller les failles, Aurora se met en danger, plongeant plus profondément dans la magie ancienne que jamais auparavant, guidée par la société secrète. "Je peux le faire," dit-elle, sa conviction éclairant son visage.

Alors qu'ils ferment la dernière faille, Aurora disparaît, aspirée dans un autre royaume, laissant Alex et la ville vulnérables. "Aurora !" crie Alex, le désespoir remplissant son cœur.

L'histoire se termine avec Alex debout au bord de la dernière faille fermée, déterminé à retrouver Aurora et à restaurer l'équilibre, pas seulement pour leur ville mais pour tous les mondes. "Je te retrouverai," jure-t-il, son regard fixé sur l'horizon.

Dr. Evelyn et la société secrète mobilisent leurs ressources, se préparant pour un voyage qui les mènera au-delà de leur monde. "C'est le début d'une nouvelle quête," déclare le gardien, rassemblant les alliés.

Le conte se clôt sur une note de détermination pleine d'espoir, alors que les personnages font face à un avenir incertain, prêts à se battre pour l'harmonie entre les mondes, guidés par le souvenir de l'amour d'Aurora ct d'Alex, un phare dans la nuit qui les pousse à défendre ce fragile équilibre face aux défis qui les attendent, unissant leurs forces dans l'espoir de préserver la magie et la merveille dans un monde en constante évolution.

1. amour - love
2. barrières - barriers
3. chaos - chaos
4. découvertes - discoveries
5. équilibre - balance
6. failles - rifts
7. gardien - guardian
8. héritage - legacy
9. inquiétude - worry
10. magie - magic
11. monde - world
12. paix - peace
13. phénomènes - phenomena
14. prophétie - prophecy
15. responsabilité - responsibility

Éclats de Magie

Le Rêve d'Ella

Dans un petit café de Cannes, Ella rêvait. Jeune réalisatrice passionnée, elle servait des cafés, imaginant son film au Festival de Cannes. "Un jour," pensait-elle, "mon film brillera là-bas."

Chez elle, l'ambiance était moins inspirante. Sa belle-mère, une actrice déchue, vivait dans ses souvenirs de gloire. Ses demi-sœurs, obnubilées par leur désir de devenir des influenceuses, se moquaient d'Ella. "Le cinéma ? Laisse ça aux vrais artistes !" raillaient-elles.

Un après-midi, en rangeant le stock du café, Ella fit une découverte étonnante : une vieille caméra, oubliée et couverte de poussière. Dès qu'elle la toucha, l'appareil s'éveilla comme par magie. "C'est impossible," murmura Ella, émerveillée.

Poussée par une inspiration soudaine, Ella décida de réaliser un court métrage. La caméra, d'une manière ou d'une autre, capturait Cannes sous un jour enchanteur, ses images semblant dotées d'une vie propre.

Mais le destin joue parfois de mauvais tours. La belle-mère et les demi-sœurs d'Ella découvrirent son projet. "Tu penses sérieusement pouvoir concourir avec ça ?" se moquèrent-elles, écrasant ses espoirs.

Le propriétaire du café, un vieil homme aux yeux pétillants de malice, avait toujours cru en Ella. "N'abandonne pas, Ella. Qui sait ce que demain peut apporter ?" lui conseilla-t-il avec un clin d'œil mystérieux.

Alors que la date limite approchait, le film d'Ella disparut de son ordinateur. Anéantie, elle se sentait perdue. "Tout est fini," souffla-t-elle, les larmes aux yeux.

C'était sans compter sur la visite inattendue d'une étrangère cette nuit-là. "Ella, je suis Lumina, gardienne des esprits créatifs," dit la femme, une lueur douce entourant sa silhouette. "Ton film a une seconde chance."

Avec l'aide de Lumina, Ella récupéra son film, encore plus magique qu'avant. "Mais souviens-toi, à minuit, le premier soir du festival, le sortilège se dissipera," avertit Lumina.

Ella accepta, le cœur lourd mais l'esprit combatif. "Je ferai voir mon film, même si c'est la dernière chose que je fais."

Le festival était éblouissant, Cannes transformé par la magie du cinéma. Ella, avec son film sous le bras et guidée par les lumières scintillantes, s'aventura dans la nuit, prête à réaliser son rêve.

1. actrice - actress
2. café - coffee shop
3. caméra - camera
4. cinéma - cinema
5. concourir - compete
6. court métrage - short film
7. découvreur - discoverer
8. demi-sœurs - half-sisters
9. destin - fate
10. éblouissant - dazzling
11. émerveillée - amazed
12. enchanté - enchanted
13. esprits créatifs - creative spirits
14. festival - festival
15. inspirante - inspiring

La Projection Enchantée

Ella, vêtue d'une robe scintillante offerte par Lumina, fit son entrée au festival. Sa tenue magique attirait tous les regards. "Qui est cette réalisatrice mystérieuse ?" se demandaient les participants, tandis qu'Ella avançait avec grâce.

Dans ce monde glamour, si différent de son quotidien, Ella rencontra des artistes et des légendes de l'industrie captivés par sa présence. Elle se sentait comme dans un rêve, échangeant quelques mots ici et là, tous étonnés par son aura.

Ses demi-sœurs, présentes aussi, ne la reconnurent pas sous son apparence enchantée. Elles se pavanaient, ignorant que la véritable attraction était Ella. "Ces gens ne comprennent pas notre valeur," se plaignaient-elles, sans savoir qu'Ella était la star secrète.

L'heure de la projection approchait, et l'anxiété d'Ella montait. Dans la salle, le silence se fit, son film commença. Les images magiques d'Ella capturèrent le cœur de l'audience, un mélange parfait de réalisme magique et d'émotion brute. "Jamais vu un tel film," chuchota un spectateur, totalement captivé.

Après la projection, un critique de cinéma renommé s'approcha d'Ella. "Votre film est remarquable, comment avez-vous obtenu ces effets si particuliers ?" demanda-t-il, impressionné par son talent.

C'est alors qu'Ella rencontra Theo, un jeune cinéaste qui partageait sa passion pour le storytelling. "Ton film... c'était incroyable," lui confia-t-il, leurs yeux se rencontrant. Un lien se forma instantanément entre eux, une connexion profonde née de leur amour commun pour le cinéma.

Mais au fond d'elle, Ella savait que le charme se briserait bientôt. "Je dois faire attention au temps," se rappela-t-elle, consciente de l'échéance de minuit.

La belle-mère et les demi-sœurs, ayant entendu parler du succès d'une mystérieuse nouvelle cinéaste, bouillaient de jalousie. "Qui est cette fille qui prend toute l'attention ?" grondèrent-elles, ignorant que c'était Ella.

Une invitation à une soirée exclusive du jury du festival trouva Ella. Theo, voyant son hésitation, lui offrit son soutien. "Je serai là pour toi," lui dit-il, lui proposant de l'accompagner.

Alors que la soirée battait son plein, Ella perdit la notion du temps. Soudain, le premier coup de minuit résonna. Paniquée, elle s'éclipsa, laissant derrière elle un pendentif en forme de bobine de film, un indice de son identité secrète.

La magie s'estompant, Ella retrouva sa tenue ordinaire, disparaissant dans la nuit, laissant son film derrière elle, acclamé par tous mais son identité toujours un mystère.

1. acclamé - acclaimed
2. apparence - appearance
3. charme - charm
4. cinéaste - filmmaker
5. critique - critic
6. échéance - deadline
7. enchantée - enchanted
8. glamour - glamorous
9. hésitation - hesitation
10. identité - identity
11. jalousie - jealousy
12. légendes - legends
13. magique - magical
14. pendentif - pendant
15. projection - screening

La Recherche

Le lendemain, le festival bruissait de rumeurs sur la cinéaste mystérieuse qui avait captivé l'audience avant de disparaître, ne laissant derrière elle qu'un pendentif. "Qui est-elle ?" s'interrogeaient tous.

Déterminé, Theo, muni du pendentif et de ses souvenirs éphémères avec Ella, se lança dans une quête à travers Cannes. "Je dois la trouver," se promit-il, le cœur lourd d'espoir.

Le critique de cinéma, ayant loué le travail d'Ella, publia une critique élogieuse. "Un talent rare," écrivit-il, attisant encore l'intérêt pour la réalisatrice insaisissable et son court métrage enchanteur.

Les rumeurs enflaient, chacun y allant de sa théorie sur l'origine et l'identité de la cinéaste mystère, amplifiant sa légende.

Ella, de retour à sa vie normale, digérait difficilement les répercussions de sa nuit magique. "Si seulement je pouvais revendiquer mon œuvre," soupira-t-elle, craignant la réaction de sa belle-famille.

La belle-mère découvrit la signification du pendentif en forme de bobine de film sur les réseaux sociaux. "C'est donc elle," réalisa-t-elle, comprenant l'implication secrète d'Ella dans le festival.

La quête de Theo l'emmena dans divers lieux de Cannes, chaque rencontre révélant l'impact d'Ella sur ceux ayant vu son film. "Elle a touché tant de gens," s'émerveilla Theo.

Lumina, observant Ella de loin, laissait entendre une connexion plus profonde entre leurs destins, liés par la magie qui les avait réunies.

Ella décida d'assister incognito à la cérémonie de clôture du festival, espérant témoigner de la reconnaissance de son film sans révéler son identité. "Je dois y être," se dit-elle, déguisée.

Theo et le critique de cinéma unirent leurs efforts, suivant les indices laissés par le pendentif enchanté jusqu'au café où travaillait Ella, se rapprochant dangereusement de la découvrir.

La belle-mère, voyant une opportunité de gloire et de fortune, ourdit un plan pour revendiquer le film d'Ella comme une œuvre perdue des demi-sœurs. "Ce sera notre secret," complota-t-elle, envisageant de révéler cela lors de la cérémonie de clôture.

Ella, ayant surpris le plan de sa belle-mère, se trouva face à un dilemme : révéler son secret pour sauver son film ou laisser sa belle-famille s'approprier le crédit.

À l'approche de la cérémonie de clôture, un phénomène mystérieux captiva la ville : des scènes du film d'Ella projetées dans le ciel, rappelant magiquement l'importance de cette nuit.

Theo, témoin du phénomène, y vit la marque unique d'Ella. "C'est son style," réalisa-t-il, renforçant sa détermination à la retrouver avant la cérémonie.

Le chapitre se conclut avec Ella, déguisée, pénétrant dans le lieu de la cérémonie, le pendentif en main. Son destin était en jeu alors qu'elle se préparait à affronter sa belle-mère et à revendiquer son œuvre.

1. audience - audience
2. belle-famille - stepfamily
3. cinéaste - filmmaker
4. critique - critic
5. déguisée - disguised
6. élogieuse - laudatory
7. éphémères - ephemeral
8. incognito - incognito
9. indices - clues
10. mystérieuse - mysterious
11. pendentif - pendant
12. phénomène - phenomenon
13. quête - quest
14. réalisatrice - director (female)
15. répercussions - repercussions

La Révélation

La cérémonie de clôture commença, rassemblant l'élite du cinéma pour célébrer les moments forts du festival. Tous attendaient l'annonce des gagnants, l'air chargé d'excitation.

Soudain, une surprise : le film d'Ella était nominé pour un prix prestigieux. La nouvelle fit l'effet d'une bombe, surtout pour la belle-mère et les demi-sœurs d'Ella, qui ne pouvaient cacher leur étonnement. "Comment est-ce possible ?" murmuraient-elles, tandis que les invités spéculaient sur l'identité du mystérieux cinéaste.

Theo, présent dans la foule, scrutait chaque visage, espérant apercevoir Ella. Le pendentif qu'il tenait fermement était sa seule piste. "Où es-tu, Ella ?" pensait-il, l'espoir brillant dans ses yeux.

La belle-mère, prête à exécuter son plan, poussa ses filles sous les projecteurs, prétendant que le film était leur découverte. Mais au moment où le prix du meilleur cinéaste émergent fut annoncé, et que le film d'Ella fut déclaré vainqueur, la salle éclata en applaudissements, impatiente de découvrir l'auteur de cette œuvre.

Ella, cachée dans l'ombre, sentit son cœur battre la chamade. Prenant une profonde inspiration, elle fit un pas en avant, sortant de l'obscurité pour se révéler à tous. "Je suis la réalisatrice du film," dit-elle, sa voix portant à travers la salle, laissant sa famille et l'audience stupéfaits.

Theo la vit et se précipita à ses côtés, levant le pendentif haut. "Ceci prouve qu'Ella est la véritable créatrice," annonça-t-il, soutenant son regard avec fierté.

La tentative de la belle-mère de s'interposer fut rapidement étouffée par les applaudissements de la foule, qui entoura Ella, la félicitant pour son courage et son talent. La salle entière célébrait son histoire, un témoignage de la persévérance et de la créativité.

"Ella, ton film nous a touchés," dit un membre du jury, ému. "Nous sommes honorés de t'offrir une bourse pour ton prochain projet." Les mots résonnèrent comme un rêve devenu réalité pour Ella, qui remercia le jury et surtout Lumina, dont l'aide avait été cruciale.

La liaison entre Theo et Ella fut célébrée par tous, leur partenariat créatif et personnel devenant un symbole d'espoir. La belle-mère et les demi-sœurs, désormais humiliées et démasquées, se retirèrent loin des regards, leurs plans ruinés par la bravoure d'Ella.

Lumina, observant de loin, souriait, sa mission accomplie. Ella avait prouvé que l'esprit créatif, soutenu par la foi et l'amour, pouvait surmonter tous les obstacles.

La cérémonie se termina sous un ciel étoilé, le film d'Ella projeté pour tous, illuminant Cannes de sa magie. Ella et Theo, main dans la main, contemplaient l'avenir, prêts à créer ensemble, guidés par la magie qui les avait réunis.

Et ainsi, l'histoire d'Ella, devenue une source d'inspiration pour tous ceux qui osent rêver, conclut ce chapitre, laissant une trace indélébile dans le monde du cinéma et au-delà, un rappel éternel que la magie existe, pour ceux qui ont le courage de la chercher.

1. annonce - announcement
2. auteur - author
3. bourse - scholarship
4. chamade - racing (as in "heart racing")
5. cinéma - cinema
6. cérémonie - ceremony
7. éclata - burst (as in "the room burst into applause")
8. émergent - emerging
9. étonnement - astonishment
10. félicitant - congratulating
11. nominé - nominated
12. obscurité - darkness
13. pendentif - pendant
14. prestigieux - prestigious
15. réalisatrice - director (female)

Un Nouveau Départ

Le succès d'Ella au Festival de Cannes est devenu une légende, inspirant artistes et cinéastes du monde entier à poursuivre leurs rêves. "Tu as vu ce qu'Ella a accompli ? C'est incroyable !" s'exclamaient-ils.

Elle et Theo se lancèrent dans un nouveau projet, un long métrage explorant la magie et la réalité, inspiré de leurs propres expériences. "Ce sera notre meilleur film," déclarèrent-ils ensemble, les yeux brillants d'ambition.

Le propriétaire du café, protecteur des arts et allié de Lumina, devint le mentor d'Ella. "Tu dois trouver l'équilibre, Ella," lui conseilla-t-il, "entre ta nouvelle célébrité et ton intégrité artistique."

La famille d'Ella, confrontée aux conséquences de leurs actes, se transforma. Les demi-sœurs cherchèrent rédemption en soutenant humblement les projets d'Ella. "Nous sommes désolées, Ella. Comment pouvons-nous t'aider ?" demandèrent-elles, sincères.

Lumina, veillant toujours sur Ella, était désormais plus une amie qu'une bienfaitrice mystérieuse. Elle s'intégra au monde moderne tout en protégeant les rêves d'Ella.

L'aventure magique d'Ella se poursuivait, combinant talent, passion et sagesse acquise pour créer des films qui touchaient le cœur des spectateurs à travers le monde. "Chaque film est un bout de mon cœur," disait Ella avec émotion.

Gus, son fidèle ami, devint la mascotte non officielle de ses films, charmant le public avec sa personnalité attachante. "Regardez, c'est Gus !" s'exclamaient les enfants, le reconnaissant à l'écran.

L'histoire d'amour entre Ella et Theo s'épanouissait, leur passion commune pour la narration renforçant leur lien. "Ensemble, nous pouvons tout créer," murmura Theo, serrant Ella dans ses bras.

Le café enchanté prospérait, devenant un lieu de rassemblement pour artistes et rêveurs, un testament de l'influence durable de Lumina sur la vie d'Ella. "Ce café est magique," disaient les visiteurs, émerveillés.

Les films d'Ella, mélangeant magie et réalité, résonnaient auprès des spectateurs, leur rappelant les possibilités enchantées de leurs propres vies. "Ella nous montre le monde à travers ses yeux magiques," commentait un fan admiratif.

Le Festival de Cannes devint une tradition annuelle pour Ella et Theo, où ils présentaient leurs dernières créations et célébraient leur parcours artistique. "Chaque année, un nouveau rêve se réalise," souriait Ella.

Les demi-sœurs d'Ella, humbles et transformées, se joignirent à elle pour défendre les arts, utilisant leur influence naissante pour soutenir les cinéastes émergents. "Nous voulons aider, comme Ella nous a aidées," expliquèrent-elles.

Lumina, pleinement intégrée dans le monde moderne, continuait de protéger et de guider ceux qui cherchaient à tisser de la magie dans leur vie par l'art et l'imagination. "La magie est partout," chuchotait-elle, un sourire mystérieux aux lèvres.

L'histoire de Cendrillon au Festival de Cannes perdurait, un conte de talent, de détermination et de la puissance des rêves dans le monde moderne. Le voyage d'Ella servait de rappel : avec créativité et croyance en soi, chacun peut trouver son propre chemin enchanté vers le succès.

1. accompli - accomplished
2. célébrité - fame
3. cinéastes - filmmakers
4. épanouissait - flourished
5. intégrité - integrity
6. mentor - mentor
7. métier - long movie
8. passion - passion
9. protecteur - protector
10. rédemption - redemption
11. sagesse - wisdom
12. spectateurs - viewers
13. succès - success
14. testament - testament
15. tradition – tradition

La Malédiction Dorée de Leo

La Malédiction de Midas

Léo, un artiste en difficulté, découvrit un ancien livre mystique dans le grenier de sa nouvelle maison. "Quel trésor !" s'exclama-t-il en époussetant la couverture du tome.

Ce livre renfermait un savoir interdit, et un sortilège attira particulièrement l'œil de Léo : "Le Toucher de Midas". Poussé par le désir de richesse, Léo réalisa le sort sans en comprendre les terribles conséquences.

Tout ce que Léo touchait se transformait en or, y compris les êtres vivants, commençant par son chat bien-aimé. "Non, pas toi..." murmura Léo, horrifié.

Malgré le choc, sa joie face à ce nouveau pouvoir l'emporta. Léo accumula des richesses en transformant des objets inanimés en or. "Je suis riche !" s'exclama-t-il, un sourire gourmand aux lèvres.

Son avidité grandissant, Léo créa une galerie secrète de sculptures dorées, autrefois des animaux errants. "Mes précieuses créations," dit-il fièrement.

La nouvelle de son art extraordinaire se répandit, attirant curieux et envieux. "Comment fait-il ?" chuchotaient les gens.

Eva, une intérêt amoureux, rendit visite à Léo. Il lutta pour garder sa malédiction secrète. "Quel est ce secret que tu caches ?" demanda Eva, intriguée.

La relation entre Léo et Eva s'approfondit, mais la peur de transformer Eva en or hantait Léo. "Je dois être prudent," pensait-il constamment.

La malédiction prit un tournant sombre quand un cambrioleur pénétra chez Léo. En légitime défense, Léo le transforma en or. "Que m'ai-je fait ?" gémit-il, accablé de culpabilité.

Désespéré, Léo fouilla le livre ancien à la recherche d'un sortilège pour annuler la malédiction, sans succès. "Il doit y avoir un moyen," murmura-t-il, les yeux écarquillés par l'espoir et la peur.

Eva devint méfiante face au comportement secret et erratique de Léo, créant des tensions. "Tu me caches quelque chose, Léo," accusa Eva, son regard empli d'inquiétude.

Léo tenta de lui avouer son secret, mais leur moment fut interrompu par une silhouette mystérieuse qui les observait. "Qui est là ?" demanda Eva, alarmée.

La figure, un sorcier ancien qui avait maudit le livre, se révéla, avertissant Léo de la véritable nature de la malédiction. "Tu es pris au piège de ta propre cupidité," déclara le sorcier, un sourire malveillant aux lèvres.

Le chapitre se termine sur la réalisation par Léo que la malédiction est irréversible et que son avidité l'a enfermé dans une prison dorée. "Je suis maudit," réalisa Léo, un frisson d'horreur parcourant son échine.

1. avidité - greed
2. cambrioleur - burglar
3. choc - shock
4. cupidité - greed
5. échine - spine
6. époussetant - dusting
7. erratique - erratic
8. galerie - gallery
9. grenier - attic
10. inanimés - inanimate
11. irréversible - irreversible
12. malédiction - curse
13. méfiante - suspicious
14. réalisé - realized
15. sortilège - spell

La Galerie Dorée

Léo devenait de plus en plus isolé, passant ses jours et ses nuits dans sa galerie de statues dorées. "Je suis seul," murmurait-il, en contemplant son royaume silencieux.

Eva, déterminée à découvrir le secret de Léo, commença sa propre enquête sur le tome mystique. "Quel est ce mystère que Léo cache ?" se demandait-elle, feuilletant les pages anciennes.

La santé mentale de Léo se détériorait, luttant contre la solitude et la culpabilité de ses actes. "Je ne peux plus supporter ça," gémissait-il, la tête entre les mains.

Le sorcier rendit visite à Léo, lui offrant des conseils pervers et l'enchaînant davantage à son existence maudite. "Il y a toujours un prix à payer," lui souffla le sorcier, un sourire malicieux aux lèvres.

Léo découvrit qu'en touchant quelqu'un avec un objet en or, il pouvait contourner sa malédiction directe, lui donnant un faux sentiment de contrôle. "Peut-être y a-t-il un espoir," pensa-t-il, expérimentant avec un petit objet doré.

Il commença à expérimenter cette faille, menant à une série d'accidents tragiques. "Non, pas encore !" criait-il à chaque nouvelle victime de sa malédiction détournée.

La galerie dorée devint tristement célèbre, attirant les amateurs de sensations fortes et les corrompus. "C'est magnifique, mais à quel prix ?" chuchotaient les visiteurs, à la fois émerveillés et horrifiés.

Eva se rapprochait de la vérité, découvrant des textes anciens sur la malédiction et ses victimes précédentes. "Léo, qu'as-tu fait ?" murmura-t-elle, horrifiée par ses découvertes.

Une journaliste s'introduisit dans la galerie, cherchant à dévoiler Léo mais fut transformée en statue dorée. "Encore une," soupira Léo, le cœur lourd de remords.

La fascination du public se transforma en horreur alors que les rumeurs sur la véritable nature de la galerie se répandaient. "C'est un monstre," disaient les gens, effrayés.

Léo devenait paranoïaque, voyant des menaces potentielles en chacun et s'isolant encore davantage. "Ils sont tous contre moi," murmurait-il, scrutant les ombres.

Eva confronta Léo avec ses découvertes, menant à une révélation déchirante et à la confession de Léo. "Je suis désolé, Eva. Je ne voulais pas," pleura Léo, révélant son terrible secret.

Le sorcier apparut, révélant qu'Eva faisait partie de son plan pour pousser Léo à bout. "Tu es le pion parfait," ricana le sorcier, dévoilant ses intentions sinistres.

Dans un moment de désespoir, Léo transforma accidentellement Eva en or tout en suppliant son pardon. "Pardonne-moi, Eva ! Je t'en prie," criait-il, la main tendue vers elle, désormais figée.

Le chapitre se termine sur l'effondrement mental complet de Léo, entouré de sa malédiction dorée. "C'est fini," murmurait-il, perdu dans un désespoir sans fin, son royaume doré devenant sa prison éternelle.

1. accidentellement - accidentally
2. chuchotaient - whispered
3. culpabilité - guilt
4. désespoir - despair
5. effondrement - collapse
6. enquête - investigation
7. fascination - fascination
8. galerie - gallery
9. isolé - isolated
10. malédiction - curse
11. mental - mental
12. mystique - mystical
13. paranoïaque - paranoid
14. pervers - perverse
15. royaume - kingdom

Le Dénouement

La disparition d'Eva et de la journaliste déclencha une enquête policière sur Léo. "Où sont-elles passées ?" demandait le détective, scrutant les alentours de la galerie.

Léo, devenu l'ombre de lui-même, était hanté par les visions de ceux qu'il avait changés en or. "Je ne trouve plus le sommeil," confia-t-il, perdu dans ses pensées tourmentées.

Le sorcier continuait de tourmenter Léo, se délectant du chaos de la malédiction. "Tu ne pourras jamais t'échapper," lui soufflait-il, une ombre parmi les ténèbres.

Léo tenta de détruire ses créations dorées, espérant mettre fin à la malédiction, mais découvrit qu'elles étaient indestructibles. "Pourquoi ?" criait-il, frappant inutilement une statue dorée.

Le détective devint méfiant envers Léo, remarquant les bizarreries entourant sa galerie. "Il y a quelque chose d'étrange ici," murmura-t-il, son intuition de détective en alerte.

Les tentatives de Léo pour demander de l'aide furent mal comprises, le faisant passer pour délirant. "Aidez-moi, je vous en supplie," plaidait Léo, mais ses mots tombaient dans l'oreille de sourds.

Le sorcier offrit à Léo une échappatoire, un acte final qui le libérerait soi-disant de la malédiction. "Une dernière chose à faire," lui proposa le sorcier, un sourire cruel aux lèvres.

Léo dut prendre une décision déchirante, choisissant entre sa propre liberté et la sécurité des autres. "Que dois-je faire ?" se demanda-t-il, déchiré par le dilemme.

Le détective découvrit le lien entre les personnes disparues et la galerie de Léo. "C'est lui," conclut-il, mettant les pièces du puzzle en place.

Léo décida de sacrifier sa propre vie, croyant que cela briserait la malédiction sur les statues dorées. "C'est le seul moyen," se résigna-t-il, préparant le rituel avec une lourdeur dans le cœur.

Il exécuta le rituel, mais au lieu de libérer les statues, cela renforça la malédiction. "Non, c'est impossible !" hurla Léo, réalisant l'échec de ses efforts.

Le sorcier révéla que la malédiction n'était jamais destinée à être brisée, et le désespoir de Léo alimentait son pouvoir. "Tu es à moi pour toujours," ricana le sorcier, disparaissant dans l'obscurité.

La galerie fut détruite dans un incendie mystérieux, mais les statues dorées restèrent indemnes. "Quelle ironie," soupira Léo, regardant les flammes consumer son monde.

Le sort de Léo resta ambigu, certains prétendant l'avoir vu errer, une figure dorée. "L'avez-vous vu ?" chuchotaient les gens, effrayés et fascinés.

Le chapitre se termine avec la malédiction se répandant au-delà de la galerie, laissant présager un plan plus grand et plus sinistre. "C'est loin d'être fini," murmurait le vent, porteur de mauvais présages.

1. ambigu - ambiguous
2. bizarreries - oddities
3. délirant - delirious
4. dénouement - outcome
5. désespoir - despair
6. échappatoire - escape
7. enquête - investigation
8. indestructibles - indestructible
9. intuition - intuition
10. malédiction - curse
11. méfiant - suspicious
12. présager - foreshadow
13. rituel - ritual
14. tourmentées - tormented
15. ténèbres - darkness

La Peste Dorée

La malédiction commença à affecter la ville, transformant aléatoirement objets et êtres vivants en or. "Regardez !" criait un passant, pointant un arbre devenu d'or pur.

La panique se répandit comme la peste dorée semblait avoir sa propre volonté, frappant de manière imprévisible. "Que pouvons-nous faire ?" demandaient les citoyens, terrifiés par ce fléau capricieux.

Le sorcier apparut comme une figure publique, offrant de faux espoirs et des solutions aux citoyens effrayés. "Suivez-moi, je vous sauverai," promettait-il, ses yeux brillant d'une lueur trompeuse.

Léo, s'il était encore en vie, fut rapidement désigné comme la source de cette peste, entraînant une chasse à l'homme. "Il doit payer," murmurait la foule, assoiffée de vengeance.

Un groupe de survivants se forma pour trouver un remède, explorant la magie ancienne et la science. "Il doit y avoir une solution," disaient-ils, unissant leurs efforts dans une quête désespérée.

La ville fut mise en quarantaine, mais la malédiction trouva le moyen de franchir les barrières, suggérant qu'elle n'était pas limitée par les contraintes physiques. "Elle est partout," constataient les survivants, impuissants.

Les survivants découvrirent le véritable motif du sorcier : créer un royaume d'or, avec lui-même comme souverain. "C'est de la folie," réalisa un des survivants, horrifié par cette révélation.

La peste dorée révéla sa capacité à manipuler et corrompre, retournant les alliés les uns contre les autres. "Ne lui fais pas confiance," chuchotait-on, la méfiance s'installant parmi les survivants.

Ils trouvèrent un remède potentiel, mais cela nécessitait le sacrifice de quelqu'un maudit par le toucher doré. "Je le ferai," se proposa Léo, déterminé à se racheter pour ses actes.

Le rituel fut saboté par le sorcier, qui révéla que la peste était son objectif final depuis le début. "Tu ne gagneras jamais," se moqua-t-il, dévoilant son jeu cruel.

Les survivants menèrent une bataille perdue d'avance alors que la malédiction dorée devenait une épidémie, se répandant au-delà de la ville. "Nous sommes perdus," soupiraient-ils, le désespoir les gagnant.

Dans une confrontation finale, le sorcier fut vaincu, mais la malédiction resta, plus puissante que jamais. "Il est parti, mais la malédiction demeure," constatèrent-ils, le soulagement mêlé d'une angoisse persistante.

Le chapitre se termine avec les survivants réalisant que la malédiction est une entité vivante, se nourrissant de la cupidité et du désespoir. "Elle vit à travers nous," murmuraient-ils, une peur nouvelle dans le regard.

Le monde se préparait à l'expansion de la peste dorée, sans aucun remède en vue. "Quel sera notre avenir ?" se demandait-on, face à l'inconnu menaçant qui s'étendait devant eux.

1. aléatoirement - randomly
2. capricieux - capricious
3. chasse à l'homme - manhunt
4. contraintes - constraints
5. cupidité - greed
6. désespérée - desperate
7. épidémie - epidemic
8. faux espoirs - false hopes
9. fléau - plague
10. impuissants - powerless
11. inconnu - unknown
12. malédiction - curse
13. quarantaine - quarantine
14. remède - remedy
15. souverain - sovereign

L'Apocalypse Dorée

La malédiction dorée devint une pandémie mondiale, transformant les villes en déserts dorés sans vie. "Regardez ce qui est arrivé à notre monde," disaient les gens, désespérés en voyant leur ville scintiller d'un éclat mort.

Les gouvernements et les scientifiques cherchaient désespérément un remède, mais la malédiction défaiait toutes les lois connues de la nature et de la science. "Il n'y a pas de solution," concluaient-ils, impuissants face à l'ampleur de la catastrophe.

Léo, soit en tant qu'esprit soit en tant qu'être maudit, témoignait de la dévastation qu'il avait involontairement causée. "C'est ma faute," murmurait-il, le cœur lourd de culpabilité en observant le chaos.

Les quelques zones encore non infectées devenaient des forteresses, où les survivants se rassemblaient pour échapper à la malédiction. "Nous sommes en sécurité ici, pour l'instant," se rassuraient-ils, barricadés derrière des murs épais.

La défaite du sorcier n'apportait aucun soulagement, sa mort ayant libéré le plein potentiel de la malédiction. "Et maintenant ?" demandaient les survivants, réalisant que le pire était encore à venir.

Un mouvement souterrain se forma, visant à exploiter la malédiction à leur avantage, répandant encore plus le chaos. "Nous pouvons contrôler cela," planifiaient-ils, aveuglés par leur ambition.

Léo rencontra d'autres individus maudits, formant un pacte pour trouver la rédemption en arrêtant la malédiction. "Ensemble, nous pouvons faire une différence," espéraient-ils, unis dans leur quête désespérée.

L'économie mondiale s'effondra, l'or perdant sa valeur en raison de son abondance et de son association avec la mort. "L'or ne signifie plus rien," constataient amèrement les marchands.

L'art et la beauté devinrent redoutés, tout ce qui était beau étant suspecté d'être maudit. "Ne touchez à rien qui brille," avertissaient les survivants, craignant la malédiction.

L'environnement subit des changements catastrophiques, les écosystèmes s'effondrant sous la transformation des espèces clés. "La nature elle-même est en train de mourir," pleuraient les écologistes, témoins de la destruction.

Un petit groupe de scientifiques et de mages découvrit un moyen théorique de renverser la malédiction, mais cela nécessitait un sacrifice inimaginable. "Nous devons essayer," décidèrent-ils, prêts à tout pour sauver ce qui restait.

Léo et son groupe entreprirent un voyage périlleux pour réaliser le rituel de renversement, affrontant des menaces humaines et surnaturelles. "Nous faisons ce qu'il faut," se motivait Léo, guidé par un espoir fragile.

Le rituel fut partiellement réussi, localisant la malédiction mais créant une zone de dévastation totale. "Qu'avons-nous fait ?" s'exclamèrent-ils, horrifiés par le résultat de leurs actions.

Le chapitre se termine avec les survivants réalisant que la malédiction était devenue une partie du tissu du monde, impossible à éradiquer complètement. "Nous devons apprendre à vivre avec," conclurent-ils, résignés à un nouvel ordre mondial difficile.

L'humanité s'adaptait à un monde plus dur, où la malédiction dorée était une menace constante, et l'histoire de Léo devenait un conte de mise en garde contre la cupidité et l'orgueil. "Souvenons-nous de Léo," disaient-ils, espérant que les futures générations tireraient des leçons de ces sombres jours.

1. abondance - abundance
2. barricadés - barricaded
3. chaos - chaos
4. défaite - defeat
5. désespérément - desperately
6. échapper - escape
7. éclat - brilliance
8. épidémie - epidemic
9. forteresses - fortresses
10. inimaginable - unimaginable
11. maudit - cursed
12. pandémie - pandemic
13. quête - quest
14. rédemption - redemption

15. sacrifice - sacrifice

Les Bois Murmurants

Les Bois Murmurants

Dans un monde où la nuit ne finit jamais, un petit village se trouve au bord des Bois Murmurants, réputés être vivants. "C'est un endroit mystérieux," disaient les villageois, le regard plein de crainte.

Elara, une jeune femme curieuse et courageuse, était attirée par les mystères des bois. "Je dois voir par moi-même," se dit-elle, déterminée à explorer.

Les villageois parlaient des bois à voix basse, avertissant des créatures qui s'y cachent, invisibles mais toujours murmurantes. "Fais attention, Elara," la prévenaient-ils, "on ne sait jamais ce qui se cache là-bas."

Elara découvrit un chemin ancien et caché menant au cœur des bois. "C'est ici que commence mon aventure," murmura-t-elle, empruntant le sentier enveloppé de mystère.

Elle rencontra des arbres parlants qui murmuraient des secrets du passé et du futur, mais leurs mots étaient énigmatiques. "Que cherches-tu, enfant des hommes ?" lui soufflèrent-ils, leurs voix comme le vent dans les feuilles.

Des créatures bioluminescentes éclairaient son chemin, révélant des sentiers cachés de leur lumière. "Merci, amis," leur dit-elle, émerveillée par leur beauté étrange.

Elara trouva une vieille chaumière abandonnée, où les murmures devenaient plus forts, la poussant à entrer. "Quels secrets attends-tu ?" se demanda-t-elle, poussée par une curiosité insatiable.

À l'intérieur, elle découvrit un livre fait de feuilles qui racontait l'origine des bois et de son esprit gardien. "Ainsi, c'est toi qui veilles sur ces bois," réalisa Elara, parcourant les pages vivantes.

L'esprit, autrefois protecteur des bois, avait été corrompu par une force obscure, rendant les bois malveillants. "Comment puis-je t'aider ?" demanda Elara, touchée par la tristesse de l'esprit.

Elara apprit que l'esprit cherchait à être libéré de son tourment mais ne pouvait l'être que par un cœur qui résonne avec sa peine. "Je ressens ta douleur," confia Elara, sentant un lien mystérieux avec les bois.

Chaque nuit, Elara visitait les bois, découvrant des indices et résolvant des énigmes énoncées par les arbres. "Montre-moi le chemin," priait-elle, avançant avec prudence dans l'obscurité chuchotante.

Elle rencontra des ombres qui imitaient sa forme, tentant de la détourner avec de faux murmures. "Qui es-tu vraiment ?" défia Elara, ne se laissant pas tromper par leurs jeux.

Les anciens du village avertirent Elara d'une prophétie qui parlait d'une obscurité éternelle s'abattant sur la terre si l'esprit n'était pas apaisé. "Tu dois être prudente, Elara," lui conseillèrent-ils, leurs yeux remplis d'inquiétude.

Le chapitre se termine avec Elara se préparant à affronter l'esprit, armée du savoir pour le libérer et mettre fin à la malédiction des bois. "Je suis prête," se dit-elle, déterminée à restaurer la paix dans les Bois Murmurants.

1. aventure - adventure
2. bioluminescentes - bioluminescent
3. chaumière - cottage
4. curieuse - curious
5. énigmatiques - enigmatic
6. éclairaient - lit up
7. insatiable - insatiable
8. malveillants - malevolent
9. murmures - whispers
10. obscurité - darkness
11. parcourant - browsing
12. prophétie - prophecy
13. résonne - resonates
14. tourment - torment
15. veilles - watch over

Le Cœur des Ombres

Elara s'aventura plus profondément dans les bois, où la réalité semblait fine et des visions d'autres mondes filtraient. "C'est comme un rêve," murmura-t-elle, émerveillée.

Elle rencontra une créature faite d'ombre et de lumière stellaire, le gardien de l'esprit, chargé de protéger le cœur des bois. "Qui es-tu ?" demanda Elara, intriguée par sa présence.

Le gardien défia Elara de prouver sa valeur, la confrontant à des illusions de ses peurs les plus profondes. "Montre-moi que tu es digne," lui dit la créature, sa voix un écho dans l'obscurité.

Elara surmonta les épreuves, faisant preuve de courage et d'empathie, convainquant le gardien de ses intentions. "Je veux aider," affirma-t-elle, son cœur pur brillant dans les ténèbres.

Le gardien révéla que la corruption de l'esprit était due à un vœu brisé, une trahison qui avait brisé son cœur. "Comment puis-je le guérir ?" demanda Elara, touchée par l'histoire de l'esprit.

Pour guérir l'esprit, Elara devait trouver l'Éclat de l'Aube, un fragment de la première lumière qui avait jamais touché les bois. "Où est cet éclat ?" s'interrogea-t-elle, déterminée à restaurer la paix.

Les légendes disaient que l'éclat était caché dans un royaume de crépuscule éternel, gardé par les échos de ceux trahis par l'esprit. "Je suis prête à affronter ce royaume," décida Elara, le cœur plein d'espoir.

Elara se lança dans un voyage vers le royaume crépusculaire, guidée par les murmures des bois et la lumière de la créature d'ombre. "Montre-moi le chemin," demanda-t-elle à la créature, sa lumière scintillant comme un phare.

Elle rencontra les échos, des esprits emprisonnés dans la tristesse, et apprit leurs histoires, gagnant leur confiance et leur aide. "Nous te guiderons," promirent-ils, partageant leur douleur avec elle.

Les échos la menèrent à l'Éclat de l'Aube, mais la mirent en garde que sa lumière pourrait révéler des vérités auxquelles Elara n'était pas prête. "Je dois savoir," insista Elara, saisissant l'éclat d'une main ferme.

Avec l'éclat en main, Elara retourna dans les bois, la lumière de l'éclat repoussant la nuit éternelle. "La lumière revient," s'émerveilla-t-elle, tenant l'éclat devant elle.

L'esprit apparut, une forme tordue de nature et de ténèbres, et Elara présenta l'éclat, offrant guérison et pardon. "Je t'offre ce cadeau," dit-elle à l'esprit, sa voix emplie de compassion.

Au toucher de la lumière de l'éclat, l'esprit révéla la véritable source de la trahison : les ancêtres du village, qui avaient cherché à contrôler le pouvoir des bois. "C'était eux," réalisa Elara, choquée par la révélation.

L'agonie de l'esprit s'intensifia, les bois réagissant violemment, menaçant de consumer le village par vengeance. "Que pouvons-nous faire ?" s'exclama Elara, réalisant l'ampleur de la tâche devant elle.

Le chapitre se termine avec Elara réalisant que libérer l'esprit pourrait nécessiter un plus grand sacrifice qu'elle ne l'avait anticipé. "Je ferai ce qu'il faut," se promit-elle, prête à affronter quel que soit le prix pour la paix.

1. aube - dawn
2. crépuscule - twilight
3. éclat - shard
4. échos - echoes
5. épreuves - trials
6. esprit - spirit
7. guérir - to heal
8. illusions - illusions
9. lumière stellaire - starlight
10. murmures - whispers
11. ombre - shadow
12. peurs - fears

13. réalité - reality
14. royaume - realm
15. trahison - betrayal

Le Prix de la Liberté

Le village se préparait à affronter la colère des bois, alors que des phénomènes étranges affligeaient la terre et que les ténèbres renforçaient leur emprise. "Les bois se vengent," chuchotaient les villageois, inquiets.

Elara chercha conseil auprès de l'arbre le plus ancien des bois, un être antérieur à la corruption de l'esprit. "Que dois-je faire ?" demanda-t-elle, regardant les branches s'entremêler dans le ciel nocturne.

L'arbre ancien lui parla d'un rituel capable de purifier l'esprit, nécessitant le cœur de quelqu'un ayant vu le monde à travers les yeux de l'esprit. "Mon cœur est la clé ?" réalisa Elara, une lueur de compréhension dans les yeux.

La créature d'ombre proposa une alternative : lier l'obscurité de l'esprit en elle-même, épargnant Elara mais risquant sa propre existence. "Il doit y avoir une autre solution," dit Elara, déchirée par le dilemme.

Tiraillée, Elara explora les bois, cherchant des signes et des présages pour le bon chemin à suivre. "Montre-moi la voie," murmura-t-elle, ses pas résonnant sur le sol couvert de mousse.

Elle découvrit des peintures murales cachées dans les bois, dépeignant la bienveillance passée de l'esprit et sa descente dans le désespoir. "Tu étais bon autrefois," souffla Elara, touchée par les images.

Elara confronta l'esprit, plaidant pour une autre manière de sauver à la fois l'esprit et le village sans sacrifice. "Il doit y avoir un autre moyen," insista-t-elle, son cœur plein d'espoir.

L'esprit, touché par la compassion d'Elara, révéla un fragment de sa lumière restante, insinuant la possibilité d'une rédemption. "Je veux t'aider," dit Elara, encouragée par cette lueur d'espoir.

Les anciens du village, ayant appris le rituel, s'opposèrent au plan d'Elara, craignant de perdre leur lien avec les bois. "C'est trop dangereux," argumentèrent-ils, fermes dans leur décision.

Secrètement, Elara prépara le rituel au cœur des bois, avec la créature d'ombre et les échos comme témoins. "Nous commençons," annonça-t-elle, déterminée à poursuivre malgré les avertissements.

Le rituel commença, l'Éclat de l'Aube amplifiant le pouvoir de l'arbre ancien, enveloppant Elara et l'esprit dans un cocon de lumière. "La lumière revient," s'émerveilla Elara, enveloppée dans l'éclat.

À mesure que la lumière s'estompait, les bois se transformaient, la corruption reculant et la nuit éternelle se dissipant. "Les bois changent," observa Elara, émerveillée par la transformation.

Elara émergea, changée, ses yeux reflétant les multiples couleurs des bois, mais l'esprit était introuvable. "Où es-tu ?" demanda-t-elle, cherchant autour d'elle, mais ne trouvant que le silence.

Le chapitre se termine avec les bois guéris mais silencieux, les murmures disparus, et Elara portant le poids de la mémoire des bois. "Je me souviendrai pour nous deux," promit-elle, regardant les arbres autrefois bavards, désormais paisibles.

1. affronter - to confront
2. alternative - alternative
3. antérieur - prior
4. chuchotaient - whispered
5. cocon - cocoon
6. corruption - corruption
7. déchirée - torn
8. dilemme - dilemma
9. éclat - shard
10. émerveilléc - marvelled
11. lueur - glimmer
12. murmures - murmurs

13. paisibles - peaceful
14. phénomènes - phenomena
15. présages - omens

Les Bois Silencieux

Avec la libération de l'esprit, les Bois Murmurants se turent pour la première fois depuis des siècles, une tranquillité inquiétante envahissant la terre. "C'est si calme," dit Elara, écoutant le silence.

Le village célébra le retour de la lumière du jour mais pleura la perte des murmures des bois, leur lien avec la magie ancienne étant coupé. "Les bois ne nous parlent plus," se lamenta un villageois, nostalgique.

Elara, désormais gardienne de la mémoire des bois, se sentait isolée du village, son destin entrelacé avec les arbres silencieux. "Je suis seule," confia-t-elle à l'ombre à ses côtés.

La créature d'ombre resta auprès d'elle, sa forme stabilisée par le rituel, devenant un pont entre les bois et le village. "Je suis ici avec toi," lui dit la créature, loyale.

Elara découvrit que le silence des bois avait réveillé d'autres êtres anciens, curieux du sort de l'esprit. "Qui êtes-vous ?" demanda Elara, rencontrant un esprit élémentaire.

Elle rencontra des esprits élémentaires, vestiges de la création du monde, attirés par la tranquillité retrouvée des bois. "Nous pouvons t'aider," proposèrent-ils, leurs voix comme un murmure du vent.

Les esprits élémentaires offrirent d'enseigner à Elara les magies anciennes, pour assurer la protection des bois contre les menaces futures. "Acceptes-tu notre savoir ?" lui demandèrent-ils, leurs yeux brillants d'un éclat ancien.

Les anciens du village, méfiants envers les esprits élémentaires, interdirent à Elara d'interagir avec eux, craignant une nouvelle malédiction. "C'est trop risqué," dirent-ils, leur voix empreinte de peur.

Elara défia les anciens, croyant que la sagesse des esprits élémentaires était cruciale pour la survie des bois et son rôle de gardienne. "Je dois faire ce qui est juste," affirma-t-elle, déterminée.

Un fossé se forma entre Elara et le village, certains villageois l'accusant d'attirer de nouveaux dangers sur eux. "Tu changes tout," l'accusèrent-ils, méfiants.

Les bois commencèrent à montrer des signes de changement, de nouvelles pousses brillant d'une lumière éthérée, une manifestation de la présence des esprits élémentaires. "Regardez ! Les bois s'éveillent," s'émerveilla Elara.

Elara apprit à maîtriser les magies anciennes, son lien avec les bois s'approfondissant, révélant des sentiers cachés et des secrets depuis longtemps oubliés. "Je comprends maintenant," dit-elle, touchant doucement l'écorce d'un arbre.

Une nouvelle menace émergea des ombres, des entités attirées par la magie des bois, cherchant à la revendiquer pour elles-mêmes. "Nous devons les arrêter," décida Elara, se préparant à défendre les bois.

Elara et la créature d'ombre firent face aux envahisseurs, les esprits élémentaires les aidant à protéger les bois. "Ensemble, nous sommes forts," chantaient les esprits, unissant leurs forces.

Le chapitre se termine avec les bois en sécurité pour l'instant, mais l'équilibre entre l'obscurité et la lumière reste délicat, le silence rappelant constamment le prix payé pour la paix. "Nous veillerons toujours," promit Elara, regardant les bois, son cœur empli d'une détermination silencieuse.

1. ancien - ancient
2. célébra - celebrated
3. détermination - determination
4. élémentaires - elemental
5. empreinte - imprinted
6. enseigner - to teach

7. éthérée - ethereal
8. interdirent - forbade
9. isolée - isolated
10. loyale - loyal
11. magies - magics
12. méfiants - wary
13. menaces - threats
14. murmures - whispers
15. nostalgique - nostalgic

L'Héritage de la Gardienne

Les années passèrent, et Elara devint une légende, la Gardienne des Bois Murmurants, protectrice de ses secrets et de sa magie. "Elara veille sur nous," racontaient les anciens du village, leurs yeux brillant de respect.

Le village s'adapta aux changements, le fossé entre lui et les bois guérissant lentement, tandis que de nouvelles générations grandissaient avec des récits de bravoure d'Elara. "Elle était courageuse," disaient les enfants, écoutant avec émerveillement.

Les bois s'étendirent, révélant de nouvelles zones, des endroits enchantés où le ciel nocturne brillait même pendant la journée. "Regardez comme c'est beau," s'exclama Elara, découvrant une clairière cachée.

Dans cette clairière, l'essence de l'esprit persistait, un lieu où la tristesse et la beauté s'entremêlaient. "Tu es toujours ici," murmura Elara, sentant la présence de l'esprit.

La créature d'ombre évolua, devenant un gardien à part entière, veillant sur les frontières des bois. "Je te soutiendrai," lui promit la créature, fidèle à ses côtés.

Les esprits élémentaires devinrent des visions régulières, leur présence n'étant plus crainte mais vénérée, apportant l'équilibre aux bois. "Merci de nous aider," remercia Elara, reconnaissante de leur soutien.

Elara établit un conseil de créatures et d'esprits, assurant que les voix des bois soient entendues et leur bien-être maintenu. "Ensemble, nous protégeons les bois," déclara-t-elle, réunissant le conseil.

L'arbre ancien révéla à Elara sa véritable lignée, descendante de celui qui avait trahi l'esprit en premier, son destin étant de guérir la blessure ancienne. "C'est mon héritage," réalisa Elara, émue par cette révélation.

La connexion d'Elara avec les bois révéla une magie plus profonde, celle qui liait sa force vitale à l'existence des bois. "Nous sommes un," dit-elle, sentant sa vie s'entremêler avec celle des bois.

Les bois firent face à une nouvelle menace, une obscurité venant d'au-delà du monde, cherchant le cœur des bois pour éteindre sa lumière. "Nous devons l'arrêter," décida Elara, rassemblant ses alliés.

La bataille fut féroce, les bois eux-mêmes aidant dans le combat, mais le coût fut élevé, une grande partie de la nouvelle croissance étant détruite. "Le sacrifice est nécessaire," souffla Elara, déterminée.

Dans un acte final de sacrifice, Elara fusionna son essence avec les bois, devenant son cœur, sa conscience se répandant dans toute son étendue. "Je suis les bois," chuchota-t-elle, son dernier souffle se mêlant à la brise.

L'obscurité fut vaincue, mais les Bois Murmurants furent à jamais changés, un monument vivant au sacrifice d'Elara. "Elle nous a sauvés," dirent les bois, un murmure porté par le vent.

L'histoire se termine avec les bois chuchotant à nouveau, non pas de secrets, mais de l'héritage d'Elara, une gardienne devenue une avec la terre qu'elle avait juré de protéger, assurant sa protection à travers les âges, mais au prix de son existence humaine. "Son souvenir vivra toujours," murmurèrent les arbres, un hommage éternel à leur gardienne bien-aimée.

1. adaptèrent - adapted
2. bravoure - bravery
3. chuchotant - whispering
4. clairière - glade
5. conseil - council
6. créature - creature
7. évolua - evolved
8. existence - existence
9. fidèle - loyal
10. fusionna - merged
11. guérissant - healing
12. héritage - heritage
13. légende - legend
14. menace - threat
15. sacrifice - sacrifice

9 798227 963116